Über die Autorin:

Cora Most ist in München geboren und aufgewachsen. Vor einigen Jahren kehrte sie der Großstadt den Rücken zu und erfüllte sich mit ihrer Familie den Traum vom einsamen Haus am Waldrand. Dort widmet sich die Autorin ganz ihrer Leidenschaft für Gruselgeschichten. Wenn sie nicht gerade schreibt oder neue inspirierende Orte erkundet, powert sie sich am liebsten am Schlagzeug aus.

www.coramost.de

CORA MOST

BLUTMAIS

HORROR NOVELLE

Bibliografische Information der Deutschen Nationalbibliothek:
Die Deutsche Nationalbibliothek verzeichnet diese Publikation in der
Deutschen Nationalbibliografie; detaillierte bibliografische Daten sind
im Internet über http://dnb.d-nb.de abrufbar.

© 2021 by Cora Most
Deutsche Erstausgabe: November 2021

Lektorat: Lektorat Berg
Korrektorat: Klaudia Szabo

Coverdesign und Umschlaggestaltung: Florin Sayer-Gabor -
www.100covers4you.com

Herstellung und Verlag:
BoD – Books on Demand, Norderstedt
ISBN: 978-3-754-37203-6

Für meine Familie,
die meine Gruselleidenschaft
immer unterstützt.

Dieses Buch enthält potenziell triggernde Themen.

*Deshalb findet ihr auf **Seite 115** eine Triggerwarnung. Diese enthält Spoiler für das gesamte Buch.*

Vorwort

Bereits als Kind habe ich Plätze entdeckt, an denen sich Geister und Monster verstecken könnten. Außerhalb unserer Vorstellungskraft lauern sie dort und warten auf ihr nächstes Opfer.

In der Nähe unseres Hauses befand sich ein riesiges Maisfeld. Sobald die Pflanzen hoch genug gewachsen waren, habe ich mich mit Freunden hineingeschlichen. Der perfekte Platz, um sich zu verstecken, tief im Blättermeer einzutauchen und mit dem Kompass in der Hand den Ausgang zu suchen.

Doch ein Gedanke ließ mich nicht mehr los und beschert mir noch heute eine Gänsehaut: Wie wäre es, eine ganze Nacht im Maisfeld zu verbringen?

Wenn der Mond die Pflanzen in ein gespenstisches Licht taucht und die Schatten drohend die Arme nach mir ausstrecken? Wie schnell würde ich die Orientierung verlieren, wenn seltsame Geräusche mich umkreisen? Lauert dort in der Dunkelheit vielleicht eine ganz andere Gefahr?

Inspiriert von diesen Gedanken entstand *Blutmais*.

Nun heiße ich dich herzlich willkommen in *Trapwood*. Mach es dir bequem, sieh dich in Ruhe um, aber denke immer daran: Gehe niemals, unter gar keinen Umständen, in das Maisfeld an der *Marostreet*.

Die Entscheidung

»Scheiße, die Bullen!« Tom riss Jenna den Eier-
karton aus der Hand und warf ihn in den nächsten
Busch.

Shirley packte sie am Arm. »Los, weg hier!«

Gemeinsam mit den anderen rannten sie durch
die gepflegten Vorgärten. Die hochgezüchteten
Rosen und preisverdächtigen Gewächse, die sie dabei zertrampelten, scherten sie in diesem Moment
nicht.

Das aufgeregte Bellen des Dobermanns der
Meyers hallte von den Häuserwänden wider und
Jenna sandte ein Stoßgebet gen Himmel, dass sie
den Köter diesmal angebunden hatten. Rocky war
kein Hund, sondern eine Bestie. Doch heute hatten
sie Glück.

Immer weiter liefen die Freunde die Straße
entlang. Dabei achteten sie darauf, dem Schein
der Laternen auszuweichen und im Schatten zu

bleiben. In den Fensterscheiben der Nachbarschaft spiegelten sich die blauroten Lichter des Streifenwagens.

»Schneller, Leute!«, rief Tom.

Selbst in vollem Lauf erkannte Jenna keinerlei Anzeichen von Anstrengung an ihm. Im Gegensatz zu Jenna, die das Schlusslicht der Gruppe bildete. Ihre Lunge und die Oberschenkel brannten mittlerweile wie Feuer.

»Dieses Muttersöhnchen hat tatsächlich die Polizei gerufen«, schimpfte Peter, während er seine schwarze Kunststoffbrille festhielt.

»Halt die Schnauze und lauf!«, fuhr Trevor ihn an. »Ich bin am Arsch, wenn die mich erwischen.«

»Dann schmeiß das Gras weg, du Idiot«, zischte Jenna.

»Spinnst du? Ich krieg das Zeug nicht umsonst.«

Sie verdrehte die Augen und hetzte weiter.

Da wandte Shirley kurz den Kopf zu ihnen herum. »Wohin laufen wir eigentlich, Leute?«

Ihre langen, rotblonden Locken wirbelten wild durcheinander.

Sogar wenn sie Sport machte, sah sie aus wie eins dieser Katalogmodels. In Momenten wie diesen keimte Neid in Jenna auf. Ihre beste Freundin war alles, was sie niemals sein würde. Das war vielleicht auch der Grund, warum Shirley mit dem heißesten Jungen der Schule zusammen war, während Jenna gerade rohe Eier gegen das Fenster ihres verlogenen Ex-Freundes geworfen hatte.

»Keine Ahnung«, rief Trevor. »Sind die Bullen noch hinter uns?«

Hastig blickte Jenna über die Schulter. »Ich sehe sie gerade nicht.«

Endlich wurde Tom langsamer und blieb schließlich stehen.

Sie befanden sich im Schatten einer alten Kastanie am Straßenrand und für einen Moment war nur der keuchende Atem jedes Einzelnen zu hören.

»Wir könnten zu mir!« Shirley strich sich eine Haarsträhne aus dem Gesicht.

Erleichtert stellte Jenna fest, dass ihre Freun-din auch außer Puste war.

»Auf keinen Fall«, erwiderte Trevor. »Wir müssten wieder zurück und dann laufen wir den Bullen direkt vors Auto.«

»Und wenn wir uns einfach verstecken?« Jennas Atmung hörte sich an wie ein pfeifender Teekessel.

Mit hochrotem Kopf sah sich Peter verzweifelt um. »Und wo? Wir sind schon am Stadtrand.«

»Der Mais steht momentan sehr hoch«, warf Tom ein und deutete die *Marostreet* entlang, die ein paar Meter weiter eine Linkskurve machte.

»Niemals!« Shirley schüttelte heftig den Kopf. »In dieses Horrorfeld bringen mich keine zehn Pferde. Dann lieber die Polizei.«

Tom hob beschwichtigend die Hände. »War ja nur ein Vorschlag.« Er zog seine Freundin an sich und küsste sie auf den Mund. »Im Maisfeld haben wir's noch nie gemacht.«

Energisch schob Shirley ihn von sich. »Spinnst du? Wie kannst du jetzt an Sex denken?«

Trevor verdrehte genervt die Augen. »Leute? Können wir uns mal entscheiden?« Er deutete auf seine Hosentaschen. »Wir haben echt andere Probleme.«

»Eigentlich hast nur du welche. Wenn du das Gras wegwerfen würdest, wäre alles okay«, mischte sich Peter ein.

Trevor schnaubte. »Du hast doch keine Ahnung, wie wertvoll das Zeug ist.«

Da ertönte ein Summen und Jenna zog hastig ihr Handy aus der Hosentasche.

Wenn du denkst, dass ich mich von euch verarschen lasse, hast du dich geirrt. Ein Vögelchen hat den Bullen verklickert, dass ihr alle einen Haufen Drogen zum Verticken dabeihabt. Ich an eurer Stelle würde verschwinden.

»Scheiße.« Jenna biss sich auf die Unterlippe.

Besorgt sah Peter sie an. »Was ist?«

»Matt hat der Polizei gesagt, dass wir Drogen verticken würden.« Sie schlug sich stöhnend die

Hand an die Stirn. »Ich hätte wissen müssen, dass die Eier eine beschissene Idee sind.«

»Hey, wir wollten dir nur helfen.« Shirley legte Jenna einen Arm um die Schultern.

»Matt ist ein Dreckschwein«, fügte Trevor hinzu.

Tom nickte. »Er sollte eigentlich im Streifenwagen sitzen, dieser miese Wichser.«

Jenna lächelte schwach. Ihre Freunde hatten recht. Matt hätte noch viel mehr verdient, als nur mit rohen Eiern beworfen zu werden. Bei der Erinnerung an die explosionsartigen Schmerzen in ihrem Kopf, als Matts Faust sie getroffen hatte, erschauderte sie.

»Äh, Leute«, mischte sich Peter ein. »Wir sollten uns schnell was überlegen.«

Er deutete hinter sich die Straße hinunter, wo das blaurote Licht des Streifenwagens unaufhaltsam näher kam.

Eine neue Bekanntschaft

»Wir müssen ins Maisfeld. Es geht nicht anders.«
Tom zuckte die Schultern, als ihn seine Freunde
entsetzt anstarrten. »Jetzt macht euch nicht in die
Hose. Wir wollen ja nicht übernachten.«

»Wenn wir etwa in der Mitte rechts abbiegen,
kommen wir drüben am *Stonedrive* raus«, überlegte
Trevor laut.

Peter nickte. »Das stimmt. Von dort aus können
wir unbemerkt in die Siedlung zurück.«

Tom warf Jenna und Shirley einen auffordernden
Blick zu. »Na los, worauf wartet ihr noch? Wir be-
schützen euch schon.«

Während die Jungs ein paar Schritte auf das Feld
zu machten, zögerte Jenna.

Ihr war nicht wohl bei der ganzen Sache, genau
wie Shirley, die neben ihr nervös mit den Haaren
spielte.

Nach den schockierenden Vorfällen damals war
das Maisfeld stillgelegt worden. Doch letztes Jahr

hatte der Stadtrat beschlossen, es wieder zu bewirtschaften. Schließlich war es seit der Zusammenlegung der umliegenden Felder eines der ertragreichsten und größten in der Gegend.

Trotzdem vergaß niemand die schrecklichen Funde, die der alte Mr Toley vor sechs Jahren an einem sonnigen Herbsttag gemacht hatte.

Immer, wenn sich die Freunde seitdem zu einem Filmabend trafen, machte Tom dieselbe Bemerkung. »Hier ist das Popcorn. Greift zu und achtet auf die roten Pops. Ihr wisst ja, die sind vom Blutmais.«

Während die Jungs daraufhin stets in Gelächter ausbrachen, verdrehten Shirley und Jenna genervt die Augen.

Peter seufzte. »Wir sollten zusammenbleiben. Im hohen Maisfeld verliert man sich leicht.« Seine Stimme holte Jenna zurück ins Hier und Jetzt.

»Ich hoffe, eure Handys sind aufgeladen.« Tom zog seines aus der Hosentasche. »Da drin ist es stockdunkel.«

Einer nach dem anderen betätigte die Taschenlampenfunktion.

»Mir nach.« Mit diesen Worten verschwand Tom zwischen zwei Pflanzenreihen.

Shirley biss sich auf die Unterlippe, dann rannte sie ihrem Freund eilig hinterher. »Warte auf mich!«

Trevor warf einen besorgten Blick über die Schulter. »Los, rein jetzt«, drängte er Jenna und Peter.

Sie schnaubte verärgert. Natürlich wollte er so schnell wie möglich hier verschwinden. Schließlich war er derjenige mit den Drogen. Genau genommen hätte keiner außer ihm etwas Ernsthaftes zu befürchten, abgesehen von einer unangenehmen Befragung und Ärger mit den Eltern. Doch sie waren nun mal Freunde und die hielten bekanntlich zusammen. Das war schon seit dem Kindergarten ein ungeschriebenes Gesetz.

So blieb Jenna nichts anderes übrig, als gemeinsam mit ihnen das Maisfeld zu betreten.

Bevor sich Peter Trevor anschloss, wandte er sich ein letztes Mal zu ihr um. »Alles okay bei dir?«

Sie presste die Lippen aufeinander. »Ja, es ist nur ...«

»Mir ist auch nicht wohl bei der Sache. Aber mal realistisch betrachtet, was soll denn passieren?«

»Keine Ahnung.« Jenna blickte vor sich auf den Boden.

Wahrscheinlich hatte Peter recht. Verbrechen geschahen überall auf der Welt. Deshalb war der Ort nicht gleich verflucht.

»Kommt ihr jetzt, oder was?«, zischte Trevor zwischen den Pflanzen hindurch.

Peter verdrehte die Augen und lächelte aufmunternd. Nach einem tiefen Atemzug folgte ihm Jenna in das Maisfeld.

Im Gänsemarsch huschten sie den Zwischenraum einer Pflanzenreihe entlang und schon nach wenigen Metern umhüllte sie die Dunkelheit. Der schwache Schein der Handytaschenlampen tauchte die Blätter der Maispflanzen in ein unheimliches, kaltes Licht. Die Luft war schwer von diesem heißen Spätsommertag und unzählige Sterne funkelten über ihren Köpfen. Obwohl der Nachthimmel klar war, roch Jenna bereits den herannahenden Regen.

»Wie erkennen wir die Mitte des Feldes?«, flüsterte Shirley angespannt.

»Ich würde das nach Gefühl machen«, erwiderte Peter.

Tom lachte. »Warum flüstert ihr eigentlich? Habt ihr Angst, der Mais könnte euch hören?«

»Oder wollt ihr den Geist des Feldes nicht stören?« Trevor gab ein übertriebenes Gespensterheulen von sich, bevor er losprustete.

»Idioten«, entgegnete Jenna. »Wenn ihr so rumgrölt, können wir gleich alle Hier rufen und auf die Polizei warten.«

Manchmal hatte sie das Gefühl, die Jungs hatten Pudding statt Hirnmasse im Schädel. Außer Peter, der sich aus den meisten Späßen schweigend heraushielt. Eine Eigenschaft, die Jenna schon immer an ihm geschätzt hatte.

»Sie hat recht«, stimmte Shirley ihr zu.

»Schon gut«, maulte Trevor.

Von Tom kam nur ein leises Brummen.

Eine Weile liefen sie schweigend hintereinander her und Jenna gewöhnte sich langsam an die Umgebung. Möglicherweise war es doch eine gute Idee gewesen, sich in dem Maisfeld zu verstecken.

Plötzlich stoppte Peter so abrupt, dass Jenna in ihn hineinstolperte. »Autsch! Was soll das?« Sie hielt das Handylicht vor sich.

»Da ist jemand«, erklärte Tom, der ebenfalls stehengeblieben war, mit gedämpfter Stimme.

Jenna erstarrte. *Jemand?*

»Scheiße, was?« Shirley zitterte und ihr Licht flackerte unruhig hin und her.

»Wer soll denn um diese Zeit hier sein?«, schaltete sich Trevor ein.

»Das finden wir gleich heraus.« Tom schlich langsam weiter.

Keiner von ihnen folgte ihm. Jenna spähte an den anderen vorbei, konnte jedoch nichts erkennen.

»Sag mal, spinnst du?«, zischte Shirley ihrem Freund hinterher. »Komm sofort zurück.«

Doch Tom ließ sich nicht aufhalten. »Hallo? Mr Toley?«, fragte er laut in die Dunkelheit, woraufhin Shirley scharf die Luft einsog. »Entschuldigen Sie, wir wollen nichts kaputt machen. Ich und meine Freunde suchen nur den Weg nach draußen.«

Keine Antwort.

Jenna fröstelte. Was sollte der alte Bauer um diese Uhrzeit mitten in seinem Feld tun?

Sie schluckte schwer und wischte sich hastig die schweißnassen Handflächen an der knielangen Jeans ab. Vor ihrem inneren Auge sah sie ihre Freunde abgeschlachtet auf dem trockenen Boden liegen. Blut quoll aus ihren aufgerissenen Mündern und tränkte die umliegenden Pflanzen.

Eilig schüttelte sie den Kopf, um die Serienkiller-Gedanken loszuwerden, und nahm sich fest vor, in Zukunft weniger Horrorfilme anzusehen.

»Shirley, siehst du irgendwas?«, flüsterte Peter in diesem Moment.

»Nein.«

Angestrengt lauschte Jenna in die Schatten.

»Tom?«, rief Trevor und alle zuckten zusammen. »Was denn? Ich will wissen, wo dieser Vollidiot steckt.«

Ein lautes Rascheln ertönte. Sein Ursprung lag eindeutig vor ihnen.

»Scheiße«, zischte Shirley. »Ich glaube, da kommt was auf uns zu.«

Sie wich zurück und stolperte gegen Trevor, der wiederum Peter und Jenna zurückdrängte.

Noch immer war nichts zu erkennen.

Plötzlich blitzte ein Licht vor ihnen auf. »Buh!«

Shirley kreischte und Jenna presste sich erschrocken die Hand vor den Mund.

»Was für ein geiles Foto, Leute!« Tom, der nun direkt vor ihnen stand, lachte laut auf. »Das muss ich posten.«

»Du Arschloch!« Shirley boxte ihn wütend gegen den Oberarm.

Wäre Jenna weiter vorn gewesen, hätte sie ihm für diesen Mist eine Ohrfeige verpasst.

Tom zog Shirley an sich und drückte ihr einen Kuss auf die Wange. »Ach, komm schon. Sei nicht eingeschnappt.«

»Du bist ja drauf, Alter.« Obwohl Trevor lachte, schwang in seiner Stimme Erleichterung mit.

»Was ist denn nun da vorn?« Peter rückte sich die Brille zurecht. »Oder war das alles nur ein dummer Witz?«

»Kommt mit, ich zeig's euch.« Er nahm Shirley an der Hand und zog sie hinter sich den Weg entlang.

Nach ein paar Metern kamen sie an einen kleinen freien Platz, eine Art Mini-Lichtung, die der Bauer beim Aussähen ausgespart hatte.

Tom steuerte auf einen dunklen Schatten am Ende der Fläche zu, sein Handy weiterhin vor sich gestreckt.

»Darf ich vorstellen? *Stuffy*.« Mit diesen Worten ließ er Shirley los und deutete theatralisch vor sich.

»Eine Vogelscheuche?« Trevor kam näher heran und leuchtete die dunkle Gestalt ab.

Jenna drückte sich an Peter vorbei, was sie jedoch sofort bereute.

Vor ihnen ragte ein kräftiges Holzkreuz in die Höhe, an dem eine menschenähnliche Puppe befestigt war. Ihre Arme waren seitlich ausgestreckt, lange, dürre Äste bildeten die Finger. Der Körper der Vogelscheuche bestand aus zusammengebundenem Stroh und war mit einem bodenlangen schwarzen Mantel bekleidet. Das Gebilde erinnerte Jenna an die Jesusfigur, die in der Kirche hinter dem Altar an einem gewaltigen Kreuz hing und ihr jedes Mal eine Gänsehaut bescherte.

Doch das war es nicht, was Jenna ein ungutes Gefühl beim Anblick der Gestalt bescherte. Über dem Kopf trug die Vogelscheuche eine weite, dunkle Kapuze, die so tief in ihr Gesicht gezogen war, dass es aussah, als wäre dort nur ein schwarzes Loch.

»Die ist gruselig«, bemerkte Shirley und wich einen Schritt zurück.

»Ach komm schon, unser Freund macht nur seinen Job. Stimmt's, *Stuffy*?« Tom stupste die Strohpuppe mit dem Ellenbogen freundschaftlich an.

Kaum hatte er die Figur berührt, frischte der Wind auf und fuhr durch die Blätter der Maispflanzen. Es klang fast, als würden sie applaudieren.

»Lasst uns weitergehen, Leute«, schlug Peter vor. Unsicherheit schwang in seiner Stimme mit.

»Erst nach einem Selfie mit meinem Freund. Für Halloween«, entgegnete Tom. »Die Chance, im Blutmais neben einer Vogelscheuche zu stehen, bekommt man nicht oft.«

»Warte, Kumpel.« Trevor stellte sich auf die andere Seite der Strohpuppe. »Ich will auch mit drauf.«

»Shirley, mach das Foto.« Tom hielt ihr sein Handy entgegen, doch seine Freundin bewegte sich keinen Millimeter.

Mit verschränkten Armen stand sie in sicherem Abstand und blickte sich nervös um. »Ich will hier weg. Und zwar sofort.«

»Sei nicht so eine Spaßbremse«, maulte Trevor und wandte sich an Peter. »Dann übernimm du das oder machst du dir etwa auch in die Hose?«

»Shirley hat recht.« Peter deutete zum Himmel, der nun mit dichten Wolken bedeckt war. »Sieht aus, als würde es bald regnen. Ich wäre lieber aus diesem Feld raus, bevor es anfängt.«

Tom schnaubte. »O Mann. Ihr seid alle solche Schisser, das ist schon fast peinlich.«

Jenna presste die Zähne aufeinander. »Gib her, du Idiot.« Sie riss ihm das Handy aus der Hand und positionierte sich vor den beiden Jungs. »Fertig?«

»Wenigstens eine von euch hat Mumm.« Tom legte der Vogelscheuche einen Arm um die Beine, während Trevor grinsend den Mittelfinger in die Kamera hielt.

Jenna verdrehte die Augen, dann drückte sie auf den Auslöser.

Gleichzeitig mit dem Blitz der Handykamera wurde der Himmel erleuchtet.

Erschrocken ließ sie das Telefon fallen.

»Tolle Leistung«, schimpfte Tom und sank auf alle viere.

»Sorry.« Ein tiefes Grollen erklang und sie blickte besorgt nach oben.

»Also ich gehe jetzt.« Entschlossen schob Peter seine Kunststoffbrille höher auf die Nase. »Ein Gewitter auf einem Feld zu überstehen, steht nicht auf meiner Bucket-List.«

Shirley hielt ihn am Arm zurück. »Warte, wir kommen mit.«

»Ich werde sicher nicht abwarten, bis die beiden Idioten endlich so weit sind.«

Tom lachte auf. »Lass ihn doch gehen. Wir holen ihn dann morgen hier raus, wenn er sich verläuft.«

Trevor prustete los.

»Ihr seid so bescheuert.« Jenna schüttelte den Kopf.

»Jetzt kommt endlich«, drängte Shirley. »Wir sollten uns nicht trennen.«

»Warum?« Trevor zog eine schaurige Grimasse. »Weil wir in einem Horrorfilm sind?«

»Ach, lass sie einfach.« Jenna legte einen Arm um sie. »Die kommen schon, wenn sie sich vor Angst in die Hosen machen.«

Damit folgten sie Peter, der ein paar Meter weiter am Anfang einer Maisreihe wartete. »Gute Entscheidung. Das Gewitter hat uns sicher bald erreicht.«

»Woher weißt du, dass wir nicht in die falsche Richtung gehen?« Shirley blickte sich unsicher um.

»Das Feld liegt im Süden der Stadt, wir sind aus Norden gekommen.« Er deutete nach links. »Richtung Highschool geht die Sonne auf, also ist dort Osten. Und zum *Stonedrive* geht es nach Westen«, erklärte Peter und marschierte los.

Er war schon immer der Vernünftigste von ihnen gewesen. Jenna vertraute ihm.

Erschütternde Erkenntnisse

Konzentriert leuchtete Jenna vor sich und achtete darauf, möglichst dicht an Peter zu bleiben. Dieser Ort machte ihr Angst. Es war so ein Gefühl, tief im Magen, als ob eine flüsternde Stimme sie warnen wollte.

Immer wieder kehrten Jennas Gedanken zurück zu der Vogelscheuche. Die langen dürren Astfinger, das tiefschwarze Nichts unter der Kapuze. Shirley hatte sich vor ihr gegruselt und auch ihr war dieses Ding nicht geheuer. Noch ein Grund, um hier schnellstens zu verschwinden.

Entschlossen schüttelte sie den Kopf und vertrieb damit das Grauen aus ihrer Vorstellung. Es war eine verdammte Strohpuppe und sie verhielt sich wie ein kleines Kind, das Angst vor dem Monster im Wandschrank hatte.

»Diese Idioten kommen nicht«, stellte Shirley hinter ihr fest.

»Mach dir keine Sorgen«, beruhigte Jenna sie. »Tom ist schlau genug, selbst hier hinauszufinden.«

Sie verstand die Nervosität ihrer besten Freundin. Ihr wäre auch nicht wohl dabei gewesen, ihren Freund zurückzulassen. Doch sie hatte keinen mehr. Liebe war scheiße. Zumindest für Jenna, die die Freaks anzog wie ein Kadaver die Fliegen.

Sie schnaubte frustriert. Das hatte sie davon, dass sie es hasste, allein zu sein, und sich auf Kerle wie Matt einließ. Wegen ihm irrten sie jetzt im Dunkeln durch dieses verdammte Maisfeld.

Ein Donnern ließ sie zusammenzucken.

»Mist!« Shirley blickte besorgt zum Himmel. »Können wir nicht schneller gehen? Ich habe keine Lust, von einem Blitz gegrillt zu werden.«

»Vielleicht ist dir ja entgangen, dass es hier stockdunkel ist«, verteidigte sich Peter.

»Sei nicht immer so ein Jammerlappen«, entgegnete sie. »Tom würde das hinbekommen.«

Peter fuhr so schnell herum, dass Jenna erschrocken zurückwich. »Dann geh doch zurück zu deinem Ken, Barbie.«

Shirley zog empört die Luft ein. »Und das aus dem Mund des größten Nerds der Schule.«

»Hey Leute«, schaltete sich Jenna ein. »Hört sofort auf mit diesem Schwachsinn. Wenn ihr unbedingt streiten wollt, macht das später, aber ich für meinen Teil will hier erst einmal raus.«

Peter seufzte zerknirscht. »Du hast recht. Lasst uns weitergehen.«

Shirley setzte zu einer Antwort an, doch ein lautes Rascheln ließ sie abrupt verstummen.

»Habt ihr das gehört?« Jennas Stimme war kaum mehr als ein Flüstern. Suchend hielt sie ihr Handy vor sich und starrte auf das Display. »Mist. Mein Akku ist bald leer.«

Erneut raschelte es in unmittelbarer Nähe.

»Das kam von hier drüben.« Shirley richtete das Licht auf die Maispflanzen neben sich.

Gebannt starrten sie in die Dunkelheit. Nichts.

»War bestimmt nur ein Tier«, beruhigte Peter sie. »Auf einem Feld gibt es viele Mäuse. Der perfekte Ort zum Jagen für Katzen, oder?«

Jenna schluckte. »Wahrscheinlich hast du recht.«

Wieder das Geräusch. Diesmal auf der ander-en Seite.

»Scheiße, was ist das?« Shirley fuhr herum.

»Lasst uns zügig weitergehen«, schlug Peter vor. »Je schneller wir hier rauskommen, desto besser.« Die Verunsicherung in seiner Stimme war nicht zu überhören.

Immer wieder sah Jenna abwechselnd links und rechts zwischen die Pflanzen. Für eine Katze war das raschelnde Geräusch viel zu laut gewesen. Das musste er ebenfalls wissen.

Doch was war es dann?

»Tom?«, zischte Peter in die Dunkelheit. »Es reicht. Hör auf mit dem Scheiß.«

Nichts.

»Denkst du wirklich, dass er es ist?« Jenna biss sich nervös auf die Unterlippe. »Sie müssten uns eingeholt haben. Das hätten wir doch gehört.«

Er zuckte die Schultern. »Keine Ahnung. Wer soll es denn sonst sein?«

Das war eine berechtigte Frage. Wer sonst sollte außer ihnen nachts in diesem Feld herumschleichen?

Da durchbrach ein Schrei die Stille.

»Peter!« Erschrocken wandte sich Jenna nach vorn, als er bäuchlings vor ihr auf dem Boden aufschlug.

Shirley schrie auf und wich panisch zurück.

»Mein Bein!«, rief er. »Etwas … hält mich fest!«

Zitternd schwenkte Jenna ihr Handy umher.

Im nächsten Augenblick wurde Peter herumgerissen und langsam davongeschleift. Verzweifelt vergrub er die Finger im staubigen Untergrund, fand jedoch keinen Halt.

Entschlossen sprang Jenna hinterher und ergriff seine Hände.

»Halt dich fest«, stöhnte sie und stemmte mit aller Kraft die Füße in den Boden. »Shirley, verdammt, hilf mir!«

Die Verzweiflung in Jennas Stimme katapultierte sie aus der Starre. Jede von ihnen packte Peter an einem Arm.

Mit angstvoll geweiteten Augen starrte er Jenna an. »Lass nicht los!«

Nein! Sie würde nicht loslassen, was auch immer in diesem verfluchten Feld vor sich ging. Sie würden nicht so enden wie die Jugendlichen vor sechs Jahren.

Plötzlich zog sich der Angreifer abrupt zurück. Sie stolperten rückwärts und Jenna verzog schmerzerfüllt das Gesicht, als sie unsanft auf dem Steißbein landete.

Eilig rappelte Peter sich auf und griff nach der Brille, die er beim Sturz verloren hatte. »Weg hier!«

»Wohin?« Shirleys Stimme war so schrill, dass es Jenna in den Ohren wehtat.

Ein lautes Knacken ertönte.

»Scheißegal!«, entgegnete sie. »Lauf!«

Peter half ihr auf die Beine und gemeinsam rannten sie los, in die entgegengesetzte Richtung, zurück zu den anderen.

Jennas Herz pochte heftig in ihrer Brust und erneut kroch die Angst in jede einzelne ihrer Körperzellen.

Nun war sie sich sicher, dass hier im Maisfeld etwas lauerte.

Immer wieder stolperte sie über Unebenheiten, nur vereinzelt wurde ihre Sicht von dem Aufleuchten der Blitze erhellt. Die langen Blätter der Maispflanzen schlugen Jenna wie Peitschenhiebe ins Gesicht. Bereits nach kurzer Zeit brannte ihre Haut, als wäre sie von Dutzenden roten Ameisen angegriffen worden.

Wo befand sich diese verdammte Lichtung? So weit waren sie doch gar nicht gegangen.

Nach einer gefühlten Ewigkeit wurde der Weg vor ihnen breiter.

Keuchend blieben sie stehen und Peter stützte sich mit den Händen auf den Oberschenkeln ab. Unsicher sah er sich um und wandte sich dann an Jenna. »Gib mir mal dein Handy.«

»Geht nicht mehr, der Akku ist leer. Was ist mit deinem?«

»Hab es beim Sturz verloren«, erwiderte er geknickt.

»Schöner Mist.« Sie wandte sich um. »Shirley, wir brauchen hier mal Licht.«

Kaum hatte Jenna das Handy ihrer Freundin berührt, erlosch die Taschenlampe und sie wurden von der Dunkelheit verschluckt.

Ein kalter Schauder jagte ihren Rücken hinauf. Zaghaft tastete sie neben sich in die Luft. »Leute? Wo seid ihr?«

»So eine Scheiße«, ertönte Shirleys Stimme schräg vor ihr. »Mein Handy ist abgekackt.« Ein

Geräusch wie das Aufstampfen eines Fußes folgte. »Ich kaufe mir nie wieder ein gebrauchtes.«

»Peter?« Jennas Stimme zitterte. »Bist du da?«

Keine Antwort.

»Peter?« Sie tastete blind um sich.

Plötzlich stießen ihre Finger auf etwas Weiches. Haare.

Doch sie waren tiefer als ihre Hüfte.

Ein Schrei entfuhr ihr, als etwas sie am Oberschenkel berührte.

»Pst. Ich bin's nur. Dieser blöde Schnürsenkel geht nicht zu.« Noch nie war Jenna so froh gewesen, Peters Stimme zu hören. Ihr Puls raste und sie atmete tief durch, um nicht an Ort und Stelle zu kollabieren.

Da ertönte ein leises Schluchzen neben ihr. »Shirley?«

Ein weiteres Schniefen.

Jenna ertastete ihre beste Freundin und zog sie in eine Umarmung. »Hey, das wird schon wieder.«

»Aber was machen wir jetzt?« Shirley zog die Nase hoch. »Es ist stockdunkel. Wir finden hier nie raus.«

»Uns fällt schon was ein.« Peters beruhigender Tonfall verschaffte Jenna tatsächlich ein wenig Entspannung.

»Wartet mal.« Sie kramte in der vorderen Tasche ihrer kurzen Jeans. Einen Augenblick später leuchtete ein winziges Licht auf. »Mir ist eingefallen, dass ich eine Mini-Taschenlampe an meinem Schlüsselbund habe. Sie reicht zwar nicht weit, aber ist besser als nichts.«

Erleichtert atmete Shirley auf. »Zum ersten Mal liebe ich dich dafür, dass du so einen Quatsch sammelst.«

Ein lautes Rascheln ließ die Freunde verstummen.

Mit angehaltenem Atem leuchtete Jenna um sich, doch der Schein der kleinen Lampe reichte gerade einmal ein paar Meter.

Sie schluckte schwer. Was, wenn der Angreifer wiederkam? Hier mitten im Feld, ohne etwas zum Verteidigen, waren sie leichte Beute für jeden Psychopathen.

Als wollte das Universum Jennas grausige Gedanken unterstützen, frischte der Wind auf. Die Wolken zogen ab und gaben den Blick auf den riesigen, hellen Vollmond frei.

Sein bläuliches Licht tauchte das Feld um sie herum in einen unheimlichen Schimmer.

»Wie zum …«, stotterte Peter.

Jenna erschauderte. Das Ganze war surreal. Ein Gewitter konnte niemals in so kurzer Zeit abziehen. Angstschweiß bildete sich auf ihrer Stirn.

»War der Mond vorhin nicht eine Sichel?«

Peter nickte zaghaft, sagte jedoch kein Wort und blickte verwirrt in den Himmel.

Besorgt sah Jenna ihn an. »Hey, alles klar?«

»Das ist unmöglich.«

»Ich weiß«, erwiderte sie. »Der Vollmond kam einfach aus dem Nichts.«

»Ja, und er müsste um diese Zeit südöstlich stehen.« Er deutete nach oben. »Aber das hier ist Norden.«

»Bist du sicher?« Jenna biss sich auf die Unterlippe.

»Siehst du den hellen Stern dort? Das ist der Polarstern.«

Fassungslos starrte sie den leuchtenden Punkt am Nachthimmel an.

Das alles konnte unmöglich real sein.

»Wie kann der ganze Himmel verdreht sein?«

»Ich habe keine Ahnung«, murmelte Peter. »Davon habe ich noch nie gehört.«

Ein Gedanke schoss Jenna durch den Kopf, der sie erschaudern ließ. Was, wenn das Maisfeld etwas damit zu tun hatte?

Neben ihr schlang Shirley schützend die Arme um den Oberkörper. »Das ist doch im Moment scheißegal, Leute. Was machen wir jetzt?«

»Wir schaffen das«, entgegnete Jenna und überging das ungute Gefühl, das tief in ihr brodelte. »Wir finden einen Weg.« Peters Augen glänzten durch die Brillengläser zuversichtlich im Mondlicht.

Viel zu selten war ihr aufgefallen, wie liebevoll sein Blick sein konnte.

Ein Lächeln schlich sich auf ihr Gesicht und sie nickte. »Wir sollten uns zuerst orientieren.«

Shirley, die mittlerweile am ganzen Leib zitterte, sah sich um. »Ist das nicht die Lichtung von vorhin?«

»Doch, das müsste sie sein«, entgegnete Peter.

»Was ist mit Tom und Trevor?« Shirleys Augen füllten sich mit Tränen.

»Die sind sicher unterwegs nach draußen.« Jenna bemühte sich, möglichst ruhig zu klingen, doch in Gedanken fragte sie sich, ob die beiden ebenfalls angegriffen worden waren. Bilder aus dem damaligen Zeitungsbericht blitzten vor ihrem inneren Auge auf, riesige dunkle Flecken, die sich über dem Feldboden verteilt hatten.

Hastig verdrängte sie die schrecklichen Gedanken und konzentrierte sich wieder auf ihre Freunde.

»Okay, dann gibt es zwei Optionen.« Peter deutete ins Maisfeld. »Entweder wir orientieren uns an dem seltsamen Mond oder wir gehen erneut in die ursprüngliche Richtung.«

»Und zurück zu diesem Ding, das da lauert? Keine Chance.« Shirley schüttelte vehement den Kopf.

»Dort hinten wurden wir angegriffen, oder?« Jenna deutete an Peter vorbei, der zustimmend nickte. »Was ist mit dem Weg, auf dem wir in dieses Feld gekommen sind?« Entschlossen wandte sie sich um. »Das müsste dieser sein.«

»Du hast recht«, entgegnete Peter. »Eine gute Idee. Die Polizei ist sicher nicht mehr da.«

»Scheiß auf die Polizei!«, fauchte Shirley. »Ich will hier raus.«

Energisch trat sie einen Schritt zurück und quietschte überrascht auf, bevor sie mit einem dumpfen Aufprall auf dem trockenen Feldboden landete.

Ein Schmunzeln huschte über Peters Gesicht, während Jenna ihrer Freundin zur Hilfe eilte.

»Hast du dir wehgetan?«, erkundigte sie sich und half Shirley aufzustehen.

»Nein, nicht wirklich.« Sie klopfte sich den Dreck von den pinken Shorts.

»Was ist das?« Jenna leuchtete auf den Boden.

Ein dicker langer Holzpfosten kam zum Vorschein.

Irritiert blickte Peter in die Runde. »Lag der vorhin auch schon hier?«

Jenna schüttelte den Kopf. »Ich glaube nicht. Das riesige Teil wäre uns doch aufgefallen.«

»Äh … Leute?« Shirley riss ihr die Taschenlampe aus der Hand und leuchtete vor sich.

Der abgebrochene Rest des Pfostens ragte dort aus dem Boden.

Peter sog scharf die Luft ein. »Ist das etwa …?«

Jenna gefror das Blut in den Adern und ein eiskalter Schauder kroch ihren Nacken herauf.

Ohne Zweifel befanden sie sich auf der kleinen Lichtung, wo sie sich vorhin von Tom und Trevor getrennt hatten. Doch ein Detail war jetzt gravierend anders.

Die Vogelscheuche war verschwunden.

Aus der Dunkelheit

»Scheiße, wie ist das möglich?« Shirley zitterte so heftig, dass das Licht der Taschenlampe stetig auf und ab hüpfte.

»Keine Ahnung, das …«, stotterte Peter.

In Jennas Kopf brach das Chaos aus. Tausende Gedanken schossen wild umher.

Bilder der Titelseiten nach den grausigen Funden im Maisfeld, die Angst der Einwohner in den darauffolgenden Wochen, die dummen Sprüche ihrer Schulkameraden, die Überschriften der Zeitungsberichte.

Nächster Fund auf dem Horrorfeld
Das Blutfeld von Trapwood
Wird das Grauen erneut zuschlagen?
Mörder noch immer auf freiem Fuß
Ist das Maisfeld verflucht?

Das unheilvolle Gefühl, das sie die ganze Zeit über erfolgreich verdrängt hatte, schwappte nun unaufhaltsam nach oben. Übelkeit stieg in ihr auf und sie schluckte verzweifelt die bittere Magensäure hinunter.

Nein. Das war unmöglich. Eine Vogelscheuche konnte nicht einfach verschwinden.

Jenna hatte Peters Angreifer nicht erkennen können, aber hatte sie nicht einen Blick auf dürre Äste an seinem Fuß erhascht? Genau wie die Hände der ...

Sie schüttelte hastig den Kopf. Sicher war das die Aufregung gewesen, die ihren Sinnen einen Streich gespielt hatte.

Egal, was es war. Sie mussten dieses Feld so schnell wie möglich verlassen.

Jenna nahm einen tiefen Atemzug. »Los, verschwinden wir hier.«

»Aber ...« Peter starrte weiterhin auf den abgebrochenen Pfosten.

»Nichts aber«, entgegnete sie bestimmt. »Was immer hier vor sich geht, wir müssen weg.«

Vorsichtig berührte sie ihn am Arm und er schrak zusammen.

Pure Angst lag in seinen Augen, als er sie ansah, doch er nahm einen tiefen Atemzug und schluckte schwer. »Du hast recht. Lass uns abhauen.«

Erleichtert wandte sie sich an Shirley. Tränen rannen ihr über die Wangen und glitzerten im Mondlicht.

»Shirley, alles wird gut.« Behutsam nahm sie ihr die Taschenlampe ab. »Komm, wir verschwinden hier.«

»Aber ... was ist mit Tom?«

»Sobald wir draußen sind, holen wir Hilfe«, mischte sich Peter ein. »Doch dafür müssen wir erst einmal aus diesem Maisfeld raus.«

Jenna nahm Shirleys Hand und reichte ihm den Schlüsselbund mit der Taschenlampe. »Hier, geh du voran.«

Peter hielt das Licht steif nach vorn, als würde ihm der helle Schein Schutz vor den Schatten bieten. Shirley machte keine Anstalten zu gehen, daher blieb Jenna nichts anderes übrig, als ihre Freundin gewaltsam hinter Peter herzuschieben.

Nach ein paar Metern hatte sie das Maisfeld vollständig verschluckt. Jeder ihrer Atemzüge rauschte in Jennas Ohren und vermischte sich mit dem Geräusch der Schritte auf dem trockenen Boden. Nur Shirleys Schniefen gesellte sich in unregelmäßigen Abständen hinzu.

Nach einer Weile blieb Shirley abrupt stehen. »Hört ihr das?«, flüsterte sie.

Jenna hielt einen Moment die Luft an. Dann schüttelte sie den Kopf. »Was meinst du?«

»Nichts«, entgegnete sie und zog erneut die Nase hoch. »Hier ist kein Geräusch.«

Einen Moment lauschte Peter in die Nacht. »Du hast recht. Hier müssten unzählige Grillen zirpen.«

Shirley nickte ängstlich.

Wie ist das alles bloß möglich?, schoss es Jenna durch den Kopf, als ein lautes Rascheln sie erstarren ließ.

»Das kam aus dieser Richtung«, sagte Peter mit gedämpfter Stimme und deutete zwischen die Pflanzen.

»Wir sollten sehen, dass wir hier wegkommen.« Jenna schob Shirley erneut an, die wiederum gegen Peter prallte.

»Warte«, zischte er und stemmte sich dagegen.

Da raschelte es erneut, diesmal eindeutig lauter.

Erschrocken riss Jenna die Augen auf. »Das ist direkt vor uns.«

Nur mit Mühe schaffte sie es, das Zittern in ihrer Stimme zu unterdrücken. In Gedanken rannte sie um ihr Leben, doch ihr Körper rührte sich keinen Millimeter.

Peter hob die Taschenlampe an. Bis auf die Schatten der Maispflanzen um sie herum war nichts zu sehen.

»Lass uns umkehren«, wisperte Jenna. Der Gedanke, dem Angreifer direkt in die Arme zu laufen, raubte ihr die Luft zum Atmen.

»Bin dafür«, flüsterte Peter und wandte sich um.

In diesem Augenblick schoss eine Gestalt aus dem Schatten auf sie zu.

Shirley entfuhr ein spitzer Schrei, als der Lichtkegel der Taschenlampe direkt in Toms Gesicht leuchtete. Doch es war zu spät.

Mit vollem Schwung stolperte er in die drei Freunde und ehe Jenna es sich versah, verlor sie das Gleichgewicht und fiel zu Boden. Ein dumpfer Schmerz schoss durch ihren Rücken.

»Tom?« Peter rappelte sich als Erster auf. »Hast du sie nicht mehr alle? Was soll der Scheiß?« Er rückte sich die verschobene Brille zurecht.

Sein Freund machte keine Anstalten zu antworten, sondern sprang panisch auf die Beine und drängte erneut in ihre Richtung.

Schützend hob Jenna die Arme, innerlich bereit, von Tom überrannt zu werden. Der Schmerz blieb aus und sie linste nach vorn. Gerade noch rechtzeitig hatte Peter ihn an den Schultern gepackt und schubste ihn zurück.

Im nächsten Moment sprang Shirley auf und fiel ihrem Freund schluchzend in die Arme. Seine Begrüßung war alles andere als herzlich.

Wie ein lästiges Anhängsel stieß Tom sie von sich. Schockiert starrte sie ihn an. »Was …«

Jenna legte einen Arm um ihre Freundin. »Sag mal, spinnst du?«

Tom schien das alles nicht zu interessieren. Angespannt blickte er sich um.

Fast wie einstudiert, erklang in diesem Moment erneut das Rascheln.

»Er kommt«, flüsterte er.

Peter runzelte die Stirn. »Was? Von wem redest du, Kumpel?«

Dabei fiel das Licht der Taschenlampe für eine Sekunde direkt auf Toms Gesicht.

Shirley schlug sich die Hand vor den Mund und Jenna sog erschrocken die Luft ein.

Seine Haut war übersät von blutigen Kratzern. Mit den weit aufgerissenen Augen und dem irren Blick sah es aus wie eine perfekt geschminkte Halloweenmaske.

»Scheiße, was ist denn mit dir passiert?«, erkundigte sich Peter besorgt.

Bevor er antworten konnte, raschelte es erneut, diesmal um einiges näher.

Wie von der Tarantel gestochen lief Tom los und drängte sich grob an den anderen vorbei. Im letzten Moment drückte sich Jenna zur Seite, als er auch schon an ihr vorbeihetzte.

»Wenn ihr überleben wollt, lauft!«, schrie er, bevor er in der Dunkelheit verschwand.

Verwirrt sah sie ihm hinterher.

Ein lautes Knacken riss sie aus ihrer Starre.

Peter wirbelte herum, die Taschenlampe wie ein Lichtschwert vor sich gestreckt.

Jenna verengte die Augen, nur um im nächsten Moment einen Schritt zurückzuweichen. »Wer ist da?«

Vertrauen ist alles

Shirley griff nach Jennas Hand und drückte sie fest. »Ich habe Angst«, flüsterte sie verzweifelt.

Da durchbrach eine bekannte Stimme die Stille der Nacht. »Leute? Seid ihr das?«

Mit einem lauten Seufzer ließ Peter die Schultern hängen. »Trevor.«

Die Hände schützend vor den Augen, trat Trevor in den Lichtkegel der Lampe. »Mann, ich dachte schon, ich verrecke hier allein.«

»Was ist mit euch passiert?«, erkundigte sich Jenna.

»Und was ist mit Tom los?«, mischte sich Shirley ein, deren Stimme noch immer zitterte.

Trevor nahm die Hände runter und blinzelte heftig.

Peter senkte schnell die Taschenlampe. »Sorry.«

Jenna betrachtete den Neuankömmling neugierig. Im Gegensatz zu Tom hatte er keine einzige Verletzung im Gesicht und wirkte alles andere als hektisch. Im Gegenteil. Locker wie immer schlenderte er zu ihnen herüber und griff in seine Hosentasche. Seelenruhig zog er eine kleine Tüte und Zigarettenpapers hervor und drehte sich vor den fassungslosen Blicken der anderen einen Joint.

Verdutzt starrte Jenna ihn an und auch Peter schien von seiner Handlung völlig perplex zu sein.

»Was?« Trevor sah in die Runde und zuckte die Schultern. »Die letzten Stunden haben mich tierisch gestresst. Meine Nerven brauchen eine Streicheleinheit.«

»Du hast sie doch nicht mehr alle«, fuhr Peter ihn an. »Hör verdammt noch mal auf zu kiffen und erzähl endlich, was passiert ist.«

Erstaunt über seinen heftigen Gefühlsausbruch hob Jenna die Augenbrauen und blickte unsicher zwischen den beiden hin und her.

Trevor lächelte schwach. »Schon gut, Hulk. Entspann dich.« Er kramte ein Feuerzeug aus der Jeanstasche, zündete den Joint an und nahm genüsslich den ersten Zug. »Wir waren fast draußen.« Seine Stimme klang, als würde er Kindern ein Märchen erzählen. »Da war ein seltsames Geräusch neben uns. Hat geklungen, als würde jemand etwas über den Boden schleifen.« Erneut zog er an der Spezialmischung. »Wir wollten lieber nicht wissen, was das war, deshalb rannten wir weiter. Ich lief voraus und auf einmal war Tom verschwunden.«

»Er war weg?« Shirleys Stimme nahm wieder diese unangenehm hohe Tonlage an.

»Na ja. Zumindest war er nicht mehr hinter mir«, fuhr Trevor fort. »Ich hab gerufen, aber keine Antwort bekommen. Dann ist mein beschissenes Handy abgekackt und ich stand im Dunkeln. Zum Glück war der Vollmond da. Ist schon irgendwie ein krasses Licht, oder?«

»Und weiter?«, drängte Jenna. So langsam ging ihr sein belangloses Gerede auf die Nerven.

»Ich wollte endlich aus dem Feld raus, da bin ich weitergegangen.«

»Du hast deinen besten Freund sich selbst überlassen, nur um deinen Arsch zu retten?« Peter schüttelte fassungslos den Kopf.

»Hey, Moment mal.« Trevor hob beschwichtigend die Hände. »Tom ist ja wieder aufgetaucht. Ganz plötzlich stand er vor mir. Er hatte so einen gruseligen Ausdruck in den Augen. Er hat mich einfach mit sich gerissen. Irgendwann ließ er los und dampfte ab. Ich hatte die Orientierung verloren und bin einfach geradeaus weitergegangen. Und jetzt bin ich hier.«

»Aber … vor was rannte Tom davon?«, erkundigte sich Jenna.

»Woher soll ich das wissen?« Trevor blies langsam den weißen Rauch aus der Lunge. »Da war nichts.«

Peter runzelte die Stirn. »Bis auf das Geräusch. Oder war das nur wieder einer deiner bescheuerten Witze?«

»Hey, Mann. Ich sag die Wahrheit.«

»Und woher kam es?«, bohrte Peter weiter nach.

Trevor zuckte die Schultern. »Keine Ahnung. Jedenfalls war es dann weg.«

Nachdenklich fuhr sich Peter durch die Haare.

Jenna verstand das Misstrauen ihres Freundes. Trevor war nicht der Vertrauenswürdigste unter ihnen und hatte ihnen schon so manchen Blödsinn erzählt. Trotzdem glaubte sie ihm in diesem Fall. Schließlich hatten auch sie im Maisfeld etwas gehört und waren sogar angegriffen worden.

Bilder der riesigen Vogelscheuche jagten durch Jennas Gedanken. Wie sie ächzend durch die Reihen humpelte, bereit, sie alle aufzuschlitzen und auf dem Feld verbluten zu lassen, wo die Raben ihnen die Augäpfel herauspicken würden.

Sie schluckte schwer und verdrängte die aufsteigende Übelkeit.

»Und? Was geht bei euch so ab?« Trevors Stimme hatte den ihr bekannten belanglosen Singsang angenommen, den sie so verabscheute. Sie begriff nicht, wie man sich ständig dieses Zeug reinziehen konnte. Ihr war es lieber, bei klarem Verstand zu bleiben. Vor allem in der momentanen Situation.

»Peter wurde angegriffen«, beantwortete sie seine Frage knapp.

Er zog fragend die Augenbrauen hoch.

»Etwas hat mich am Bein gepackt, aber ich konnte mich losreißen«, erklärte Peter weiter.

»Ist ja krass.« Trevor blies den Rauch in die Luft. »Und was war es?«

Jenna schnaubte verärgert. Seine gechillte Art war absolut fehl am Platz, doch bevor sie etwas sagen konnte, warf Peter ihr einen besänftigenden Blick zu und sie schluckte ihre Wut hinunter.

Er wandte sich an Trevor und zuckte die Schultern. »Keine Ahnung, was das war.«

»Es war diese Vogelscheuche.« Shirleys Stimme war kaum mehr als ein Flüstern.

»Du meinst *Stuffy*?« Trevor hob belustigt die Augenbrauen.

»Das Ding jagt uns.« Sie presste die Lippen aufeinander. Bei den Worten ihrer Freundin erfasste Jenna erneut ein kalter Schauder.

Trevor schüttelte den Kopf. »Ihr verarscht mich doch.«

»Leider nein«, erwiderte Peter. »Als wir zur Lichtung zurückkamen, war das Holzkreuz abgebrochen und die Vogelscheuche verschwunden.«

»Abgefahrene Scheiße«, murmelte Trevor.

Jenna verdrehte die Augen. »Tolle Erkenntnis.«

»Was machen wir jetzt?«, fragte Shirley leise. »Ich will nicht in die Richtung, aus der dieses komische Geräusch kam.«

Peter seufzte schwer. »Ich auch nicht.«

Ungläubig starrte Jenna ihn an. »Dann wieder zurück?«

»So langsam gehen uns die Wege aus.« Er presste die Lippen zusammen und schloss für einen Moment die Augen.

Eine Weile war es still zwischen den Freunden, nur Trevors genussvolles Atmen war zu hören.

»Es gibt noch eine Möglichkeit, aber die wird euch nicht gefallen«, fuhr Peter leise fort.

Shirley schlang die Arme um den Oberkörper. »Sag schon.«

»Wir könnten zurück zu dem freien Platz und von dort geradeaus weiter. Einmal quer durch das Maisfeld.«

»Das ist ein verdammt langer Weg und die Chance, dass dort etwas passiert, ist sehr hoch. Immerhin werden die Angreifer nicht an einem Ort stehenbleiben, oder?« Allein bei dem Gedanken daran, was in diesem Feld alles auf sie lauerte, zog sich Jennas Kehle zu.

Peter zuckte die Schultern. »Ich weiß, aber hast du einen besseren Vorschlag?«

Gequält senkte sie den Kopf.

»Ich bin dafür.« Die plötzliche Entschlossenheit in Shirleys Stimme ließ Jenna zusammenzucken. »In diese Richtung ist Tom auch gelaufen. Vielleicht finden wir ihn. Ich will nicht, dass ihm etwas passiert.«

Trevor nickte. »Sehe ich genauso. Er ist unser Kumpel, oder?«

Jenna warf ihm einen genervten Blick zu. »Hat sich vorhin nicht so angehört, als ob du dir große Sorgen um ihn machen würdest.«

Beschwichtigend hob er die Hände. »Hey, was hätte ich denn tun sollen?«

»Ihm nachlaufen zum Beispiel.«

Trevor schnaubte und schüttelte den Kopf. »Ist doch jetzt scheißegal. Aber wir könnten ihn jetzt finden. Wenn ihm was passiert, kannst du dir genauso auf die Schulter klopfen.«

»Hört auf, das bringt uns auch nicht weiter«, mischte sich Peter ein. »Wir müssen uns entscheiden.«

Jenna presste die Lippen zusammen. Er hatte recht. Jede Minute, die sie länger hier herumstanden, konnten sie leichter gefunden werden. Von was auch immer sie in diesem Feld verfolgt wurden. »Okay, dann nehmen wir eben den langen Weg.«

Trevor grinste schief. »Na dann, Babe. Husch husch.«

Jenna verdrehte die Augen. »Idiot.«

»Mach dich mal locker, du Spießerin.« Übertrieben runzelte er die Stirn. »Würde dir nicht schaden.«

Empört starrte sie Trevor an. »Was soll das heißen?«

Amüsiert hob er die Hände. »Wenn du ab und zu mal aus dir rauskämst, würdest du auch mal einen normalen Typen abkriegen.«

Das war zu viel. Jennas Faust schnellte nach vorn und im nächsten Augenblick schoss ein stechender Schmerz durch ihre Fingerknöchel. Stöhnend hielt sie sich die Hand.

»Scheiße, bist du irre?« Schimpfend rieb Trevor sich das Kinn. »Das war ein gut gemeinter Ratschlag.«

Sofort kochte die Wut erneut in ihr hoch und sie funkelte ihn böse an.

»Beruhig dich, Jenna.« Peter legte einen Arm um ihre Schultern und zog sie ein Stück von den anderen weg. »Hör nicht auf ihn. Trevor ist bekifft und ein Idiot, das weißt du doch.« Er sah ihr direkt in die Augen. »Du bist perfekt, so wie du bist.«

Überrascht blickte sie ihn an und ein angenehmer, warmer Schauer durchzog ihren Körper. »Findest du?«, wisperte sie, während ihr Herz so laut schlug, dass sie Angst hatte, er konnte sie nicht hören.

»Ja«, flüsterte er und lächelte verlegen. »Schon immer.«

Auf einmal wurde ihr Peters liebevolle Berührung an ihrer Schulter bewusst und sie hielt den Atem an.

Ein Kichern riss Jenna zurück in die Realität und sie fuhr herum.

»Shirley?« Entgeistert starrte sie ihre Freundin an, die glucksend eine weiße Rauchwolke in die Luft blies. »Bist du jetzt völlig durchgeknallt?«

»Was soll es schon schaden?«, kam prompt die Antwort. »Im besten Fall höre ich endlich auf zu zittern.«

Dicht neben ihr stand Trevor und grinste idiotisch.

Der Anblick der Rötung an seinem Kinn, die ihr Schlag verursacht hatte, bescherte Jenna ein Gefühl der Genugtuung und sie sparte sich einen weiteren Kommentar.

»Lass uns endlich gehen«, sagte sie schnaubend und griff entschlossen nach Peters Hand.

Alte Bekannte

Schweigend liefen sie die Maisreihe entlang. Einzig Shirleys Kichern durchbrach ab und zu die Stille.

Mit jedem weiteren Schritt fluchte Jenna innerlich mehr. Mittlerweile brannte ihre Haut an unzähligen Stellen von dem stetigen Entlangstreifen an den großen Pflanzenblättern. Sie wollte endlich hier raus.

Sehnsuchtsvoll dachte sie an ihr Bett, das warm und weich in ihrem Zimmer auf sie wartete. Wie hatten sie nur so dumm sein können, in dieses verdammte Feld zu gehen? Sie alle wären sicher schon längst zu Hause, aber Trevor, dieser Idiot, hatte natürlich seine beschissenen Drogen schützen müssen. Er verhielt sich wie der Dobermann der Meyers, der sein Territorium bis aufs Blut verteidigte. Wenn sie hier rauskämen, würde sie ihm …

Ein sanfter Druck an ihrer Hand beendete ihre Rachepläne.

»Alles in Ordnung mit dir?« Peter, der mit der kleinen Lampe vorausging, warf ihr einen besorgten Schulterblick zu.

»Passt schon«, erwiderte Jenna, wurde dabei jedoch von Shirleys und Trevors Prusten unterbrochen. Sie seufzte genervt. »Wenn die beiden normal wären, würde es mir besser gehen.«

Peter lächelte mitfühlend. »Da stimme ich dir voll und ganz zu.« Er blieb stehen und wandte sich entschlossen um. »Hey, ihr zwei da hinten. Haltet endlich die Klappe. Erstens nervt euer ständiges Teeniegegluckse und zweitens sollten wir lieber unauffällig bleiben. Tom hat uns vor jemandem gewarnt. Schon vergessen?«

Shirley sah ihn schuldbewusst an. »Du hast recht. Hier gibt's nichts zu lachen.« Kaum hatte sie den Satz beendet, zuckten ihre Mundwinkel und sie fiel erneut in ein Kichern.

»Bleib mal locker, Mann«, mischte sich Trevor ein und legte ihr einen Arm um die Taille. »Wir haben eben Spaß.«

Jenna schüttelte den Kopf. »Du willst doch bloß die Situation ausnutzen, um bei Shirley zu landen.«

Mit einem breiten Grinsen zuckte Trevor lässig die Schultern.

»Unmöglich, in diesem Zustand vernünftig mit ihnen zu sprechen«, beruhigte Peter sie. »Wir sollten sie einfach nicht beachten und sehen, dass wir hier rauskommen.«

Sie wollte ihm zustimmen, da raschelte es in der Nähe.

Das Geräusch war so laut, dass es sogar die beiden Bekifften übertönte.

»Shhht!« Jenna hob mahnend den Zeigefinger an den Mund. »Seid still.« Ihr eindringlicher Tonfall zeigte Wirkung. Wie erstarrt standen die Freunde da und lauschten in die Dunkelheit.

»Hast du das auch gehört, Peter?«, wisperte Jenna.

Er nickte und leuchtete um sich, die Augen alarmiert aufgerissen.

Wieder ein Rascheln. Oder war es eher ein Schlurfen?

Ängstlich drückte sie Peters Hand.

»Klingt, als käme es von vorn«, flüsterte er.

Er hob die Taschenlampe an und leuchtete die Reihe entlang. In einigem Abstand bewegte sich ein großer Schatten. Er kam langsam auf sie zu.

Jennas Puls jagte in die Höhe und der Schrecken erfasste sie wie eine eiskalte Hand im Nacken.

»Tom!«, rief Shirley plötzlich und stürzte an Peter vorbei, direkt auf die Gestalt zu.

»Nicht!« Geistesgegenwärtig griff er nach ihr und bekam sie rechtzeitig am T-Shirt zu fassen. Mit einem kräftigen Ruck riss er die protestierende Shirley zurück.

In diesem Moment erreichte die Kreatur den Schein der Lampe.

Entsetzt keuchte Jenna auf. Das war unmöglich. Gänsehaut erfasste ihren Körper und sie hatte das Gefühl, den Boden unter den Füßen zu verlieren.

Direkt vor ihnen, im Lichtkegel der Taschenlampe, baute sich drohend die Vogelscheuche von der Lichtung auf. Ein modriger Geruch vermischte sich mit der stickigen Nachtluft und raubte Jenna beinahe den Atem. Noch immer lag das Gesicht der Gestalt unter der Kapuze im Schatten verborgen.

Plötzlich streckte das Monster eine seiner knochigen Asthände aus, als würde es auf einen von ihnen deuten.

Shirley kreischte panisch auf, sprang blindlings zur Seite und verschwand zwischen den Maispflanzen in der Dunkelheit.

Jenna wollte ihr hinterherlaufen, doch Peter hielt sie fest.

»Nicht!« Entschlossen zog er sie zurück.

»Aber was ist mit Shirley?«

»Wir finden sie wieder«, entgegnete er schnell. »Wir dürfen die Orientierung nicht verlieren.«

Die Vogelscheuche war jetzt nur noch wenige Schritte entfernt.

»Leben oder Sterben, Jenna?«

Sie biss die Zähne zusammen und verdrängte die schreckliche Vorahnung, die sich aus ihrem Innersten an die Oberfläche kämpfte. Peter hatte recht. Wenn sie hierblieben, würde diese grässliche Kreatur sie töten und Shirley querfeldein zu folgen, würde ihre Orientierung gänzlich zunichtemachen. So blieb ihr keine andere Wahl, als ihre Freundin laufen zu lassen und die Hoffnung, sie wiederzusehen, festzuhalten.

Als sie gemeinsam mit Peter losrannte, war auch von Trevor nichts mehr zu sehen. Genau wie Shirley war er im Dickicht des Maisfeldes verschwunden.

Kopflos durch die Nacht

Die Blätter der Maispflanzen peitschten erbarmungslos auf Jennas Haut. Der Griff, mit dem Peter panisch ihre Hand umklammert hielt, verstärkte sich stetig, doch sie verdrängte den aufkeimenden Schmerz und lief weiter hinter ihm her. Ab und zu stolperten sie, fingen sich jedoch rechtzeitig wieder. Das Brennen in Jennas Beinen wurde mit jedem Schritt heftiger, bis ihre Knie endgültig nachgaben und sie zu Boden fiel.

»Ich kann nicht mehr«, japste sie.

In den Ohren hallte ihre keuchende Atmung wider und zwang damit alle anderen Geräusche in den Hintergrund.

Sofort war Peter neben ihr in der Hocke. »Ist okay, Jenna. Ich glaube, wir sind weit genug weg. Machen wir eine Pause.« Seine besorgte Stimme klang dumpf, wie in Watte gehüllt.

Erleichtert zog sie die Hand zurück und konzentrierte sich darauf, die Kontrolle über ihre Atmung wiederzuerlangen.

Prüfend sah sich Peter um. »Zum Glück war das Ding nicht sehr schnell unterwegs.«

»War … eher wie ein … Zombie«, entgegnete Jenna schnaufend.

Er nickte gequält. »Wie ist das nur möglich?«

Im Licht der Taschenlampe sah sein Gesicht alt und blass aus. Sein Anblick versetzte ihrem Herzen einen Stich. In den vielen Jahren ihrer Freundschaft hatte sie nie über ihre Gefühle zu ihm nachgedacht, wie viel sie für ihn empfand. Um das herauszufinden, hatten sie erst in diesem verfluchten Maisfeld landen müssen.

Mitfühlend legte Jenna eine Hand auf seinen Arm. »Ich weiß auch nicht, was hier los ist.«

Ihre Blicke trafen sich und Hoffnungslosigkeit spiegelte sich in seinen Augen wider. Sie presste die Lippen zusammen und unterdrückte den Drang, ihn in den Arm zu nehmen. Sie schloss einen Moment die Augen und sofort hallte Shirleys markerschütternder Schrei, als sie panisch davongelaufen war, durch ihren Kopf und hinterließ eine unangenehme Gänsehaut.

In diesem Feld lauerte das Böse und es würde sie jagen, bis sie genau wie die anderen Opfer die Erde mit ihrem Blut tränkten.

Verzweifelt spannte Jenna die Kiefermuskeln an. Tief in ihrem Bauch brodelte es und langsam kämpfte sich ein Gefühl herauf, das stärker war als die Angst, die sie in diesem Augenblick empfand.

Wut.

Jenna ballte die Hände zu Fäusten. Nein! Sie würden nicht in diesem verdammten Feld sterben.

»Was machen wir jetzt?« Erschöpft rückte Peter sich die Brille zurecht.

»Auf keinen Fall aufgeben«, erwiderte sie entschlossen. Erstaunt hob er die Augenbrauen und sie schüttelte vehement den Kopf. »Ich bin noch nicht fertig mit dem Leben und dieser Strohsack kann mich mal kreuzweise.« Allein die Worte jagten eine Adrenalinwelle durch sie hindurch und sie hatte das Gefühl, endlich wieder frei atmen zu können. »Ich sag dir, was wir tun. Wir suchen jetzt unsere Freunde und dann machen wir dieses Monster fertig. Was soll uns das Mistding schon antun? Außer Kratzen kann es nichts.«

Einen Moment starrte Peter sie regungslos an. Schlagartig meldeten sich tief in ihrem Inneren Zweifel, die sich wie winzige Blätter Richtung Sonne streckten.

Erleichtert atmete Jenna auf, als ein Lächeln auf seinen Lippen erschien.

»Du hast recht.« Peter stand auf und hielt ihr seine Hand entgegen. »Wir lassen uns nicht von einem Strohkopf fertig machen. Wir sind schließlich in der Überzahl.«

Jenna ließ sich von ihm mit Schwung auf die Beine ziehen. Dabei stolperte sie nach vorn und hielt sich gerade noch an Peters Schultern fest. Sie standen einander jetzt so nah, dass sie seinen warmen Atem an der Wange spürte. Ein heißes Prickeln breitete sich in ihrem Nacken aus und sie erstarrte.

Peter schien es genauso zu gehen, denn auch er bewegte sich keinen Millimeter.

Das aufgeregte Rascheln der Maisblätter riss sie zurück in die Realität.

Erschrocken fuhren sie auseinander.

»Er kommt«, flüsterte Peter.

»Und wenn es einer der anderen ist?«, gab sie zu bedenken.

»Sollen wir etwa abwarten?«

In Jennas Kopf brach das Chaos aus. Abzuwarten würden sie vielleicht mit ihrem Leben bezahlen, andererseits wollte sie ihre Freunde nicht im Stich lassen.

»Lass uns nachsehen, wer es ist«, schlug sie vor und trat ihre Angst in Gedanken kräftig beiseite.

Trotz der Zweifel, die eindeutig in Peters Augen lagen, nickte er zögerlich.

»Da«, flüsterte Jenna, als das Geräusch erneut ertönte, bevor es vollständig verstummte.

Sie deutete an ihm vorbei, wo sich ein Schatten in einiger Entfernung bewegt hatte.

Er hob die kleine Lampe an und stolperte erschrocken zurück. »Scheiße«, keuchte er.

Jenna schaffte es im letzten Moment, das Gleichgewicht zu halten. »Was ist da?«

Als Peter diesmal die Taschenlampe ausstreckte, hatte er Mühe, sein Zittern zu kontrollieren.

Irritiert folgte sie mit dem Blick seinem Arm und schlug sich entsetzt eine Hand vor den Mund.

Das, was sie dort sah, ließ ihr das Blut in den Adern gefrieren.

Auf dem staubigen Boden vor ihnen lag der abgetrennte Kopf von Shirley. Augen und Mund überrascht aufgerissen, starrte sie ihnen reglos entgegen. Einige rotblonde Locken fielen ihr ins bleiche Gesicht, andere klebten blutdurchtränkt an dem glänzenden Fleisch unterhalb ihres Kehlkopfes.

»Oh, mein Gott«, entfuhr es Jenna und Tränen stiegen ihr in die Augen.

Da war es wieder. Dieses Rascheln.

»Wir müssen hier weg«, drängte Peter und packte sie am Arm.

Jenna spürte den starken Druck seines Griffs, bewegte sich jedoch keinen Millimeter von der Stelle.

Ihre beste Freundin war tot. Kaltblütig ermordet von einem Monster, das überhaupt nicht existieren dürfte. Sie kniff die Augen zusammen, als ein schriller Piepton ihre Trommelfelle zum Vibrieren brachte. Auf einmal fühlte sie sich wie in einem Kettenkarussell. Ihr Magen krampfte und alles um sie herum verschwamm zu blitzenden Farben und Formen.

Abrupt riss Jenna die Augen auf und übergab sich würgend auf den Boden.

»Es tut mir leid, Jenna, aber ich muss das jetzt tun«, drang Peters Stimme zu ihr durch, als sie nur noch Galle spuckte.

Im nächsten Moment packte er sie an den Schultern und zerrte sie auf die Beine. Wie eine Gummipuppe ließ Jenna alles geschehen und wehrte sich nicht, als Peter sie auf seine Arme hob und mit ihr davonlief.

Das Wiedersehen

Peter presste Jenna fest an sich, während er weiter durch das Feld rannte. Das schwache Licht der Taschenlampe hüpfte dabei unruhig auf und ab. Unaufhörlich waberten Gedanken und Eindrücke chaotisch durch ihren Verstand. Die einzige Konstante war Shirleys lebloser Blick, der Jenna unaufhörlich quälte. All die Wut und Entschlossenheit, die sie so stark gemacht hatten, waren wieder verschwunden. Als hätten sie sich ein letztes Mal aufgebäumt, bevor Shirleys Tod sie endgültig vernichtet hatte.

Jenna drückte den Kopf an Peters Schulter und schlang die Arme um seinen Hals, als wäre er ihr Rettungsanker im Sturm des Chaos. Vielleicht war er es tatsächlich, denn als sie das Rauschen seiner angestrengten, aber gleichmäßigen Atmung hörte, verschwand die Übelkeit nach und nach. Nur der fahle, bittere Geschmack erinnerte sie noch daran.

Jenna konnte nicht sagen, wie viel Zeit vergangen war oder wo sie sich befanden. Den kläglichen Rest ihrer Orientierung hatte sie schon lang verloren.

Peter wurde langsamer, bis er schnaufend stehen blieb und sich aufmerksam umsah.

Vorsichtig setzte er sie ab und strich ihr besorgt eine Haarsträhne aus dem Gesicht. »Hey. Wie fühlst du dich?«

»Ich weiß es nicht«, erwiderte Jenna leise. »Das alles ist ein …«

»Albtraum«, beendete er ihren Satz und nickte.

Auch Peter hatte mit den Geschehnissen zu kämpfen, das sah sie ihm deutlich an. Immer wieder schluckte er schwer, als könnte er die aufkeimenden Emotionen auf diese Weise in Schach halten.

»Werden wir sterben?« Wie von selbst fand die Frage ihren Weg über Jennas Lippen.

Traurig blickte er sie an, antwortete jedoch nicht.

Gequält schloss sie die Augen. So würde sie also das Leben verlassen? Abgeschlachtet von einem Monster. Die Gliedmaßen auf einem Maisfeld verteilt und ihr Blut als Düngemittel im Boden versickert.

»Nein.« Peters feste Stimme ließ sie aufhorchen.

Die Angst war aus seinem Blick verschwunden und hatte einer neuen Emotion Platz gemacht. Einem Gefühl, das nur noch ein Häufchen Elend in ihr war. Wut.

Er ballte die Hände zu Fäusten und schlug neben ihr auf den staubigen Untergrund. »Diese beschissene Heuschrecke wird niemanden mehr umbringen.«

Die Entschlossenheit und Stärke seiner Stimme schlossen sich wie eine wärmende Decke um ihren geplagten Körper und gaben ihr für den Bruchteil einer Sekunde das Gefühl von Geborgenheit.

Dankbar lächelte sie ihn an, bevor ein Rascheln sie erstarren ließ. Erschrocken riss sie die Augen auf. »Wir bekommen Besuch.«

Hastig fuhr er herum und leuchtete vor sich.

In den Schatten verborgen bewegte sich etwas.

»Los, wir teilen uns auf«, entschied Peter. »Dann können wir ihn von beiden Seiten angreifen.«

Ängstlich griff sie nach seinem Arm. »Nein, ich will nicht allein sein.«

»Ich bin gleich hier drüben.« Er deutete neben sich in die nächste Maisreihe. »Und du gehst auf die andere Seite. Das ist unsere Chance.« Peter war ihr so nah, dass sie seinen heißen Atem auf der Haut spürte.

Ehe Jenna darüber nachdenken konnte, knipste er das Licht aus und schlagartig umfing sie die Dunkelheit. Schnell hatten sich ihre Augen an das bläuliche Mondlicht gewöhnt.

»Sobald er auf unserer Höhe ist, greifen wir an«, flüsterte Peter neben ihr.

»Okay«, erwiderte sie zögernd und schlüpfte schließlich zwischen zwei Maispflanzen hindurch in die nächste Parallelreihe. Dort kauerte sie sich in die Hocke und lauschte.

Ein sanfter Wind kam auf und schüttelte die Maisblätter. Das Rauschen war so laut, dass sie sich konzentrieren musste, um die schleifenden Schritte der Kreatur herauszuhören.

Nur noch ein paar Meter.

Jennas Herz pochte ohrenbetäubend. Was, wenn sie es nicht schafften?

Erneut blitzte Shirleys abgetrennter Kopf vor ihrem inneren Auge auf und sie presste die Lippen so fest zusammen, dass es schmerzte.

»Jetzt!«, schallte Peters Schrei über das Feld.

Jenna sprang blind nach vorn in die Dunkelheit. Mit den Fingern traf sie auf etwas Hartes und packte zu.

»Ich hab ihn!«, rief sie überrascht und zog dem Angreifer mit aller Kraft das Bein weg.

Der Schlag, der sie daraufhin am Kopf traf, kam wie aus dem Nichts. Stöhnend fiel sie zur Seite. Ein dumpfer Schmerz zuckte durch ihre Schläfe und sie presste eine Hand darauf.

»Was zur Hölle …«, ertönte eine vertraute, dunkle Stimme neben ihr.

Einen Moment später leuchtete die Taschenlampe auf und Jenna blinzelte gequält ins Licht. Alles um sie herum war seltsam verschwommen.

Peter schnappte überrascht nach Luft. »Tom?«

»Ja, ihr Aggros.«

Endlich wurde Jennas Blick wieder klar und das Pochen in ihrem Kopf schob sich in den Hintergrund. Irritiert runzelte sie die Stirn.

Neben Peter saß Tom, der sich fluchend das Steißbein rieb. »Was sollte das werden?«

»Wir dachten, du wärst die Vogelscheuche.«

»Was?« Tom schüttelte verwirrt den Kopf, dann sah er sich suchend um. »Wo ist Shirley?« In seiner Stimme lag Angst.

Beim Namen ihrer besten Freundin zog sich Jennas Magen ruckartig zusammen und sie schluckte die aufsteigende, brennende Flüssigkeit hinunter.

»Sie ist …« Ihr Körper zitterte heftig und sie zog die Knie heran.

»Shirley ist tot«, erklärte Peter leise und schob seine Brille höher.

»Was?« Tom runzelte irritiert die Stirn. »Ihr wollt mich doch verarschen. Ist das eure Rache für mein Erschrecken vorhin?«

»Es tut mir so leid.« Jenna wischte sich die Tränen aus dem Gesicht, die ihr unaufhaltsam über die Wangen liefen.

»Das kann nicht sein. Ihr irrt euch.«

Sie schüttelte traurig den Kopf. »Wir … haben sie gesehen.«

Toms Augen weiteten sich und er verstummte.

Shirleys grausamer Tod hatte eine tiefe Wunde in Jennas Seele gerissen. Noch immer konnte sie nicht fassen, dass sie ihre beste Freundin nie wiedersehen würde. Schützend schlang sie die Arme um den Oberkörper und versuchte, das heftige Zittern so unter Kontrolle zu bringen.

Eine Weile herrschte bedrücktes Schweigen, dann legte Peter ihm mitfühlend eine Hand auf den Arm. »Tut mir echt leid, Mann.«

Tom biss die Zähne zusammen und spannte die Kiefermuskeln an. »Wo ist er?«

Jenna zuckte die Schultern. »Das wissen wir nicht.«

»Wir mussten uns in Sicherheit bringen und sind geflüchtet«, erklärte Peter.

In Toms Augen blitzte Entsetzen auf. »Er wird uns alle holen.«

»Das wissen wir. Deshalb wollten wir die Vogelscheuche angreifen. Wir können es schaffen. Jetzt sind wir sogar zu dritt.«

Peters Worte entfachten neuen Mut in ihr. Die Schreckgestalt musste sterben. Für Shirley. »Lasst uns das Strohmonster ein für alle Mal fertigmachen«, stimmte Jenna ihrem Freund zu. »Bist du dabei, Tom?«

Verwirrt schüttelte er den Kopf. »Was habt ihr denn immer mit *Stuffy*?«

Nun war es Peter, der irritiert die Stirn runzelte. »Na, er hat Shirley auf dem Gewissen und dich ganz offensichtlich attackiert.« Dabei zeigte er auf Toms zerkratztes Gesicht.

»Was?« Tom sah zwischen ihnen hin und her. »Das war nicht die Vogelscheuche.«

Ein kalter Schauer kroch über Jennas Haut und hielt sie in seinem eisigen Griff gefangen. Die Vorahnung, die sich schleppend und kriechend den Weg in ihre Gedanken bahnte, war schlimmer als alles, was sie sich vorstellen konnte.

»Wer dann?«, wisperte sie mit zitternder Stimme. »Es war …«

Ein lautes, kehliges Lachen unterbrach Toms Antwort und alles in Jenna erstarrte.

Der Fluch

»Trevor?« Erleichtert schüttelte Peter den Kopf. »Was ist nur mit euch los? Müsst ihr uns immer zu Tode erschrecken?«

»Hat sich so angeboten«, erwiderte er schulterzuckend.

Als er einen Schritt auf sie zumachte, wich Tom schlagartig zurück.

»Lauft!«, schrie er und wollte gerade zwischen den Maispflanzen verschwinden, da packte Peter ihn am Arm.

»Warte. Es ist doch nur Trevor.«

Noch immer beobachtete Jenna wie versteinert die Szene. In Toms Augen lag pures Entsetzen. Das war auf keinen Fall gespielt. Sie spürte seine Angst regelrecht. Aber wovor? Stirnrunzelnd ließ sie den Blick zu Trevor schweifen, der mit seinem typisch lockeren Lächeln auf sie zu schlenderte.

Irgendetwas stimmte hier nicht. Das Gefühl in Jennas Bauch war beinahe greifbar und doch fehlte ihr das letzte Puzzleteilchen.

»Hey, Mann.« Trevor nickte Tom locker zu. »Alles klar bei dir? Du schaust echt scheiße aus.«

Als er keine Antwort bekam, übernahm Peter das Wort. »Shirley ... Sie hat's nicht geschafft. Sie ...«

»... wurde ermordet. Von der Vogelscheuche«, beendete Jenna den Satz.

Es fühlte sich falsch an, es auszusprechen, aber die grausame Realität ließ sich nicht verleugnen.

»Echt, jetzt?« Trevor runzelte die Stirn. »Scheiße, Mann. Das tut mir leid.«

»Tu bloß nicht so, als würde dich das interessieren«, entgegnete Tom. »Ich weiß genau, was du vorhast.«

Irritiert blickte Trevor in die Runde. »Hey, Alter. Was hast du denn für ein Problem? Sorry, dass ich euch erschreckt habe. War nur ein Scherz.«

»Er lügt. Glaubt ihm kein Wort.« Tom funkelte seinen Freund misstrauisch an.

»Was soll das Ganze? Bist du jetzt übergeschnappt?« Verwirrt starrte Peter zu Tom. »Zum Glück haben wir uns wiedergefunden. Das ist die perfekte Chance, diesen Strohsack fertigzumachen.«

»Er hat absolut recht.« Trevor trat näher heran, woraufhin Tom erneut zurückwich. »Siehst du das nicht auch so, Kumpel?«

Ein süffisantes Lächeln umspielte seine Mund-winkel. Jenna hätte es fast nicht bemerkt, wäre da nicht der heimtückische Ausdruck in seinen Augen gewesen, der die Mimik fremd wirken ließ.

»Stopp!« Entschlossen stellte sie sich vor Peter und Tom. »Hier stimmt etwas nicht. Warum hat er so eine Angst vor dir?«

»Muss wohl der Schock sein«, entgegnete Trevor lässig. »Immerhin hat gerade jemand seine Freundin geköpft.«

»Jenna«, ertönte Peters besorgte Stimme. »Was ist denn los?«

Sie schluckte schwer, wich jedoch keinen Schritt beiseite. »Woher weißt du, wie Shirley gestorben ist? Das haben wir dir nicht erzählt.«

Für den Bruchteil einer Sekunde riss Trevor er-staunt die Augen auf, hatte sich aber sofort wieder unter Kontrolle.

Entschuldigend hob er die Hände. »Schuldig im Sinne der Anklage.«

»Was ...«, stotterte Peter bestürzt. »Heißt das etwa, er hat Shirley ...«

»Das ist nicht Trevor.« Toms ernster Tonfall ließ Jenna erschaudern und sie fuhr erschrocken zu ihm herum.

»Wie meinst du das?«

In diesem Moment erklang erneut das kehlige Lachen. Mit angehaltenem Atem schielte sie zu Trevor.

Ein breites Grinsen erschien auf seinem Gesicht. Es zog sich unmenschlich weiter und weiter, bis die Mundwinkel kurz vor den Ohren lagen.

Schockiert wich sie zurück, als seine Augen sich schwarz färbten wie die leeren Höhlen in einem Totenschädel. Die Vogelscheuche war offenbar nicht das einzige Monster an diesem verdammten Ort. Sie hätten sich niemals hier verstecken dürfen. Das Maisfeld war verflucht.

»Was passiert hier?« Peters Stimme zitterte heftig. Er hatte sichtlich Mühe, die drei Worte über die Lippen zu bringen.

»Schade, dass du es so schnell verraten hast, Tom.« Trevor verschränkte die Arme vor der Brust. »Es hat gerade angefangen, Spaß zu machen.«

Tränen glitzerten in Toms Augen. »Du Dreckschwein.« Er schluckte schwer. »Du hast Shirley getötet.«

»Was bist du?«, krächzte Jenna.

Trevor klatschte amüsiert in die Hände. »Die Frage der Stunde.« Er breitete dramatisch die Arme aus. »Stell dir unsägliches Leid, Verderben, Schmerz und Qual vor, dann habt ihr eine winzige Vorstellung davon, was ich bin. Aber das alles ist sowieso bald nicht mehr von Bedeutung für euch.«

»Wo ist unser Freund?« Sie presste die Lippen aufeinander, nicht sicher, ob sie die Wahrheit ertragen könnte.

»Keine Sorge.« Amüsiert tippte er sich an die Stirn. »Trevor ist noch hier drin. Er bekommt alles mit, was hier passiert. Er ist nur ein wenig … out of order.« Als hätte er den Witz des Tages gerissen, lachte er schallend auf.

»Hör auf!«, schrie Peter und trat entschlossen vor.

Trevor verstummte. »Oh, schau einer an. Der Nerd spielt den Mutigen. Nette Taktik. Vielleicht würde dich Jenna dann endlich ranlassen.«

Wütend ballte Peter die Fäuste und stürzte sich auf ihn, doch mitten in der Bewegung hielt er abrupt inne.

»Lass das lieber, Nerdy«, warnte ihn Trevor und Jenna sog erschrocken die Luft ein.

Im Licht der Taschenlampe blitzte ein silberner Gegenstand in seiner Hand auf. Seelenruhig hob er die Klinge des Klappmessers an seinen Hals. »Wollt ihr eurem Freund Trevor noch etwas sagen?«

In der Falle

Jennas Umgebung verschwand in einem grauen Nichts. Der Anblick der glänzenden Klinge bohrte sich tief in ihren Verstand. Wie gelähmt stand sie da, unfähig zu atmen.

»Niemand?« Die schreckliche Kreatur hob eine Augenbraue. »Kommt schon. Hat keiner ein paar nette Abschiedsworte?«

Erwartungsvoll sah er sie an, dann zuckte er die Schultern. »Wie ihr wollt.«

Mit diesen Worten drückte er die Messerspitze in Trevors Haut. Ein dünnes, rotes Rinnsal lief seinen Hals hinab.

»Warte!«, rief Peter und riss Jenna damit aus ihrer Schockstarre. »Lass uns verhandeln. Was willst du von uns?«

Das Monster ließ die Klinge sinken und legte den Kopf schief.

Für einen Moment war es totenstill um sie herum.

Nicht einmal das Rascheln der Blätter im Wind erfüllte die Nacht.

Ein winziger Hoffnungsschimmer keimte in Jenna auf.

Da erklang ein gurgelnder Laut. Erst leise, dann immer voller, bis er schließlich mit einem trockenen Lachen aus der Kreatur herausplatzte.

»Ich bekomme bereits, was ich will.« Sein erneutes Grinsen gab den Blick auf das rosige Zahnfleisch frei.

Jenna erschauderte. Die Erinnerung an Trevors Halloweenkostüm im vergangenen Jahr erschien vor ihrem inneren Auge.

Er hatte sich für die alljährliche Party bei Tom als Zombie verkleidet und seine Mundwinkel dafür so geschminkt, als würde sein Gebiss bis zum hintersten Backenzahn freiliegen.

Schnell schüttelte sie den Kopf, um die schmerzenden Gedanken zu vertreiben.

»Aber …«, versuchte es Peter weiter. »Wieso?«

Trevors Grinsen wirkte wie in Stein gemeißelt und seine Augen blitzten euphorisch auf. »Nennen wir es ein Spiel. Und ich werde wie immer gewinnen.«

Ein lautes Knacken ließ Jenna herumwirbeln. Bevor Peter mit der Taschenlampe die Maisreihe hinter ihnen erleuchtete, stieg ihr bereits der modrige Geruch in die Nase.

Langsam, aber unaufhaltsam trat die Horror-Vogelscheuche in den Lichtkegel. Mit schleppenden Schritten humpelte sie näher und versperrte so den schnellsten Fluchtweg.

»Das ist eine Falle!«, rief Tom alarmiert. »Weg hier!«

»Warte!«, entgegnete Jenna. »Was ist mit Trevor?«

»Wir können ihm nicht helfen.« Toms trockene Feststellung quetschte ihre Eingeweide zusammen.

Sie sah zu Peter, der das Licht panisch zwischen den Monstern hin und her schwenkte.

Wir sind verloren.

Unaufhörlich rückte die Strohpuppe näher, ihre langen, dürren Astfinger nach vorn gestreckt, um jeden Einzelnen von ihnen in den Tod zu reißen.

In diesem Moment war Jenna eines klar. Egal welcher Kreatur sie zum Opfer fiel, ihr Ende würde qualvoll sein.

Bei dem Anblick der Vogelscheuche schüttelte Trevor lässig den Kopf. »Sei gegrüßt, alter Freund. Ich dachte schon, du tauchst gar nicht mehr auf.« Erneut hob er das Klappmesser an seinen Hals. »Dann kann ich ja weitermachen.«

Mit diesen Worten setzte er die Klinge seitlich an und zog sie genüsslich über den Kehlkopf zur anderen Seite.

Augenblicklich quoll Blut aus der Wunde hervor und Jenna schrie entsetzt auf.

Innerhalb von Sekunden war Trevors T-Shirt von der dunkelroten Flüssigkeit durchtränkt.

Als sein Körper zuerst auf die Knie und dann zur Seite sackte, schlug sie sich schluchzend die Hand vor den Mund. Tränen der Verzweiflung liefen über ihre Wangen wie das Blut aus der aufgeschlitzten Kehle.

Er war tot. Genau wie Shirley.

Doch das Schlimmste an diesem Anblick war nicht das unfassbar viele Blut, sondern das unmenschliche, triumphierende Grinsen auf seinem Gesicht.

Im nächsten Augenblick packte sie jemand am Arm und zog sie seitlich zwischen die Maispflanzen.

»Jenna! Wir müssen hier weg!« Wie durch einen Nebel aus Gewalt und Blut drang Peters Stimme gedämpft zu ihr.

»Ich werde nicht stehen bleiben und mich abschlachten lassen.« Das war Tom. Eindeutig wütend.

Alles in Jenna schrie auf. Sie wollte weglaufen, wollte den Qualen in diesem Feld endlich entkommen, aber keiner ihrer Muskeln gehorchte. Jemand zerrte an ihrem Arm. Wieder und wieder, doch wie eine Statue wich sie nicht von der Stelle.

In den Augenwinkeln tanzten die Gesichter ihrer toten Freunde umher. Shirleys vor Schreck geweitete Augen vermischten sich mit Trevors dämonischem Grinsen.

Wie hatte es nur so weit kommen können?

Ein genervtes Schnauben durchdrang den Nebel. Dann riss sie jemand von den Füßen, warf sie grob über die Schulter und rannte los.

Der Plan

Das Rascheln der Maispflanzen dröhnte ihr in den Ohren und mit jedem Schritt schlug sie unsanft mit dem Oberkörper an den Rücken ihres Trägers. Die brennenden Schnitte der Pflanzenblätter, die sich überall an ihren Armen und Beinen verteilten, wurden langsam zu einem vertrauten Gefühl.

Jenna wusste nicht, wie lang sie auf diese Weise transportiert wurde, doch irgendwann hörten die Blätter auf, ihre Haut zu zerkratzen, und sie blieben stehen.

Mit einem von Ächzen begleiteten Schwung setzten ihre Füße auf dem harten Boden auf. Sofort gaben ihre Knie nach und sie sank auf den staubigen Untergrund. Schwarze Punkte tanzten vor ihren Augen, als das angestaute Blut wieder aus ihrem Kopf wich.

»Hey, pass doch auf«, schimpfte Peter und setzte sich neben ihr in die Hocke. »Alles okay, Jenna?«

Sie nickte und langsam kehrte ihr klarer Verstand wieder zurück.

»Tom hat dich getragen«, erklärte er, während er ihm einen bösen Blick zuwarf. »Auch, wenn das nicht sehr Gentleman-like war.«

»Ich habe wenigstens was unternommen. Du warst ja starr vor Angst«, entgegnete Tom und fuhr sich durch die Haare.

Eine Weile wurde es still zwischen ihnen. Jenna versuchte weiter vergeblich, das Geschehene einzuordnen. Alles kam ihr vor wie ein Traum. Ein Albtraum, aus dem es kein Erwachen gab, und es war noch nicht vorbei.

»Was machen wir jetzt?«, fragte sie erschöpft in die Runde.

Peter seufzte. »Wir müssen schnellstens hier raus.«

»Ach«, erwiderte Tom kopfschüttelnd. »Das ist ja mal was Neues. Und wie stellen wir das an?«

»Woher soll ich das wissen? Vielleicht strengst du zur Abwechslung mal dein Hirn an? Oder hast du keins?« Wütend funkelte Peter Tom an.

Der trat einen Schritt auf ihn zu. »Sag das noch mal.« Er baute sich bedrohlich vor ihm auf.

»Hört auf«, fuhr Jenna dazwischen. »Das bringt uns hier nicht raus.«

Entmutigt ließ Peter die Schultern hängen. »Sie hat recht. Wir müssen zusammenhalten, wenn wir das überleben wollen.«

Tom nickte zustimmend und sank neben Jenna auf den Boden.

Peter tat es ihm gleich. »Vielleicht tragen wir erst einmal die Fakten zusammen?«

»Ja, okay«, entgegnete sie. »Das machen die in den Filmen auch immer, oder?«

»Was bringt das?« Tom zuckte schnaubend die Schultern.

»Fokussierung und Konzentration«, antwortete Peter. »Das ist in Paniksituationen wichtig, um den Verstand wieder zu aktivieren.«

»Ach ja? Und das weißt du woher?«

Wütend sah Peter Tom an. »Habe ich gelesen. Du weißt schon, Buchstaben und so. Solltest du auch mal versuchen.«

Tom spannte die Kiefermuskeln an.

Mit der Faust schlug Jenna auf den Boden. »Was soll denn das? Habt ihr vergessen, dass ihr Freunde seid? Wenn ihr nicht sofort aufhört mit dem Scheiß, suche ich mir einen eigenen Ausweg.« Unauffällig rieb sie sich die pochenden Fingerknöchel.

Betretenes Schweigen erfüllte die Luft zwischen ihnen.

»Na gut«, fuhr Jenna fort. »Was wissen wir?« Sie schluckte schwer, bevor sie weitersprach. »So surreal es auch klingt. Das Feld ist ohne Zweifel verflucht und zwei Monster haben es auf uns abgesehen. Die Vogelscheuche und dieses … Ding.«

»Jetzt ist nur noch eins übrig.«

Jenna sah Tom stirnrunzelnd an. »Wie kommst du darauf?«

»Na ja, weil es sich vor ein paar Minuten die Kehle aufgeschlitzt hat.«

»Vielleicht kann es auch in toten Körpern überleben?«, gab Peter zu bedenken.

Tom schüttelte den Kopf. »Hat für mich nicht so ausgesehen.«

Bilder von Trevors grinsendem, blutleeren Gesicht schoben sich erneut in Jennas Erinnerung und sie drängte sie tief in ihr Unterbewusstsein. »Du hast recht. Für mich auch nicht.«

»Na gut.« Peter seufzte. »Dann eben nur noch ein Monster. Der Strohmann.«

»Der dürfte nicht schwer zu überwältigen sein.« Tom deutete in die Runde. »Schließlich sind wir zu dritt.«

»Ich bin dafür, dass wir uns darauf konzentrieren, aus diesem verdammten Feld zu kommen.« In Peters Stimme schwang Hoffnungslosigkeit mit.

Jenna nickte zustimmend. »Ich auch.«

Tom hob überrascht die Augenbrauen. »Wolltet ihr das Ding nicht aus dem Hinterhalt angreifen?«

Peter verdrehte die Augen. »Wie wir gesehen haben, war das eine blöde Idee. Das Einzige, was zählt, ist, dass wir einen Ausgang finden.«

»Okay.« Tom zuckte die Schultern. »Und wie? Mittlerweile habe ich keine beschissene Orientierung mehr.«

Nachdenklich stand Peter auf und blickte zum Himmel.

»Suchst du einen Anhaltspunkt in den Sternen?«, erkundigte sich Jenna und erhob sich ebenfalls. »Waren die vorhin nicht falsch oder so?«

»Ja«, erwiderte er leise. »Aber eine andere Möglichkeit haben wir nicht.«

»Schön.« Tom verschränkte die Arme vor der Brust. »Wie ist dein Plan?«

»Wir richten uns nach dem Polarstern.« Er deutete auf einen hellen Punkt knapp oberhalb ihres Blickfeldes. »In diese Richtung gehen wir und weichen auf keinen Fall davon ab.«

»Und wenn uns die Vogelscheuche überrascht?« Allein bei dem Gedanken fröstelte sie und schlang die Arme um den Oberkörper.

»In diesem Fall achten wir darauf, auszuweichen und in dieselbe Richtung weiterzugehen. «

Tom kam ebenfalls auf die Beine und klopfte sich den Dreck von der Jeans. »Dann los. Sonst findet uns *Stuffy* schneller, als wir Stroh sagen können.«

Dünger ist alles

Schweigend folgten sie Peter, der sie zielstrebig durch die Maisreihe führte. Bei jedem noch so leisen Geräusch hielten sie einen Moment inne.

Nach einer Weile war Jenna schweißgebadet. Unangenehm klebte das T-Shirt auf ihrer Haut, doch solange sie dem Feld und ihrem Höllenverfolger nicht entkommen waren, blieb ein entspannter Puls ein unerreichbarer Traum.

»Da stimmt was nicht«, murmelte Tom, der das Schlusslicht bildete.

»Was ist?« Jenna wandte sich um.

Er zuckte die Schultern. »Wir laufen jetzt schon eine ganze Weile hier entlang und nichts ist passiert.«

»Ist das nicht gut?«, fragte sie stirnrunzelnd.

»Überleg doch mal. Seit wir in diesem verdammten Maisfeld sind, bringt uns ständig etwas vom Weg ab. Und jetzt können wir ungehindert herumlaufen?« Tom schüttelte den Kopf. »Da ist was faul.«

Bei seinen Worten zog sich eine Gänsehaut über Jennas Körper. Als er es angesprochen hatte, fiel ihr die unheimliche Ruhe ebenfalls auf.

Hastig presste sie die Lippen aufeinander. Erneut drohte die Angst sie zu überwältigen und sie griff nach Peters Arm.

»Was ist los?«, flüsterte er und blieb stehen.

Tom beugte sich vor. »Kommt dir die friedliche Stille nicht auch seltsam vor?«

»Doch, aber solange es so ist, gehen wir weiter.« Peter sah Jenna mitfühlend an. »Tut mir leid, aber eine andere Chance haben wir nicht.«

Mit diesen Worten setzten sie ihren Weg fort, aber das unangenehme Nagen der Zweifel tief in ihrem Inneren nistete sich als ihr Dauerbegleiter ein.

Die beklemmende Stille hatte einen weiteren Effekt. Ihre Gedanken schweiften in aller Ruhe ab, stoben wie ein Mini-Tornado von einer Erinnerung zur nächsten und wirbelten durcheinander.

Schnell schüttelte Jenna den Kopf. Sie wollte das nicht. Wie Messerstiche bei einer Folterung drangen die Bilder erneut zu ihr durch, setzten sich fest wie blutsaugende Parasiten, deren Ziel es war, sie von innen heraus aufzufressen.

Shirleys Tod bohrte sich besonders tief in ihr Herz und der Verlust war kaum zu ertragen. Auch Trevor spukte wieder und wieder durch ihre Gedanken, doch bei ihm fühlte sich der Schmerz anders an. Pulsierend und kräftezehrend, aber nicht unerträglich.

Erschrocken über sich selbst erschauderte sie und hielt plötzlich inne.

»Wartet.« Jenna legte einen Finger an die Lippen. »Hört ihr das auch?«

»Klingt wie ein Bienenstock«, flüsterte Tom.

»Das kommt von dort.« Peter deutete geradeaus, die Pflanzenreihe entlang und hob zögernd die Taschenlampe.

Jennas Atmung ging so schnell, dass sie befürchtete, jeden Moment zu hyperventilieren.

»Ich sehe was.« Peter entfernte sich ein paar Schritte, bevor er sich ruckartig abwandte und angewidert das Gesicht verzog.

»Was ist da?« Tom drängelte sich an Jenna vorbei. »Ach du Scheiße.«

Vorsichtig trat sie auf die beiden zu und schielte über Peters Schulter.

Auf dem trockenen Boden vor ihnen lag ein dunkler Haufen. Erst bei näherem Hinsehen erkannte Jenna, dass es sich dabei um einen Kadaver handelte, der über und über mit schwarzen Fliegen bedeckt war.

Erschrocken schlug sie sich die Hand vor Mund und Nase.

»Mal sehen, was das war.« Tom klatschte knapp neben dem Fund in die Hände und wie eine Todeswolke stoben die Insekten auseinander und gaben den Blick auf eine halb verweste Kreatur frei. Tiefe Löcher waren überall ins Fleisch gegraben, wodurch die darunterliegenden Knochen hervorblitzten. Das Summen der Fliegen war ohrenbetäubend.

»Sieht aus wie eine Katze. Ab sofort streiche ich Mais von meiner Essensliste. Bei so einem Dünger.«

»Du bist ekelhaft, Tom.« Jenna wandte den Blick von der armen Kreatur ab. »Hast du gar kein Mitgefühl?«

»Klar«, erwiderte er. »Aber diesem Tier können wir sowieso nicht mehr helfen.«

»Er hat recht, Jenna.« Peter legte ihr beruhigend einen Arm um die Schultern.

Augenblicklich verlangsamte sich ihre Atmung und eine Welle der Entspannung erfasste sie. Einen Moment genoss sie schweigend das Gefühl der Geborgenheit.

Viel zu schnell löste sich Peter wieder von ihr. »Die arme Katze hat sich hier drin wohl verirrt.«

»Genau wie wir, du Schlauberger«, sagte Tom und schlug ihn auf den Oberarm. »Und wenn wir jetzt nicht weitergehen, enden wir auch so.«

Jenna nickte. »Sollen wir in eine andere Reihe wechseln?«

»Warum?« Tom hob irritiert eine Augenbraue. »Wir können doch darübersteigen. Sag bloß, du hast Angst vor einem toten Tier.«

Sie schnaubte. »Nein, habe ich nicht. Ich dachte nur, es wäre angebracht.«

»Jetzt stellt euch nicht so an.« Er riss Peter die Taschenlampe aus der Hand und machte einen großen Schritt über den Kadaver hinweg. »Kommt ihr?«

Peter spannte die Kiefermuskeln an, tat es ihm gleich und wandte sich an Jenna. »Gib mir deine Hand.«

Dankbar nahm sie seine Hilfe an und stieg über die tote Katze hinweg. Gerade war sie mit einem Bein darüber, da regte sich der Kadaver unter ihr.

Panisch sprang sie nach vorn, packte Peter am Arm und schob Tom voran.

»Weg hier!«, schrie sie entsetzt und erneut rannten sie zwischen den Maispflanzen davon.

Die Blätter rauschten an Jenna vorbei und ihre schnelle Atmung übertönte das heftige Pochen ihres Herzens. Die erschreckende Vorstellung, jeden Moment von dem Kadaver am Bein berührt zu werden, trieb sie weiter voran. Obwohl ihre Lunge bereits brannte, gönnte sie sich keine Pause.

Nach einer Weile bremste Tom abrupt ab und Jenna stolperte aus vollem Lauf gegen ihn, dicht gefolgt von Peter, der geistesgegenwärtig stoppte.

Verärgert schob Tom Jenna von sich. »Was soll das? Warum läufst du wie eine Irre davon?«

»Habt ihr es denn nicht gesehen?« Panisch wandte sie sich um, konnte den Kadaver jedoch nirgends entdecken.

Peter folgte ihrem Blick, dann legte er ihr beruhigend eine Hand auf den Arm. »Alles ist gut, Jenna.«

»Aber ... sie hat mich angesehen.«

»Tut mir leid.« Er zuckte die Schultern. »Aber ich weiß nicht, was du meinst.«

Erneut sah sie die halb verrottete Katze vor sich, die sie mit erhobenem Kopf aus leeren Augenhöhlen fixierte.

Nein. Das war keine Einbildung gewesen.

Ruckartig riss Jenna den Arm zurück. »Hört auf, mich wie ein Kleinkind zu behandeln. Der Kadaver hat sich bewegt, scheiße noch mal.«

»Ist das dein Ernst?« Tom hob die Augenbrauen.

Sein vorwurfsvoller Blick rief ein unangenehmes, vertrautes Gefühl in ihr wach.

Vor einigen Jahren hatte Jenna versehentlich den Sportwagen ihres Dads beim Putzen zerkratzt. Nie zuvor war ihr Vater so ausgerastet. Selbst jetzt konnte sie die Hitze auf ihrer Wange und die Vibration seiner Schreie tief in ihrem Inneren fühlen. Sie war sich vorgekommen wie die größte Idiotin der Welt. Das hatte sie ihm niemals verziehen.

»Ja, verdammt«, fauchte sie wütend. »Und erzählt mir jetzt nicht, dass das unmöglich ist. Wir sitzen hier in einem verfluchten Maisfeld fest und werden von einer bösartigen Vogelscheuche gejagt. Ist das für euch normal?«

Betreten sah Peter zu Boden. »Du hast recht. An diesem Ort ist nichts normal.«

»Na gut, dann war es eben so.« Tom leuchtete die Pflanzenreihe hinter ihnen entlang. »Aber es sieht nicht so aus, als würde uns das Ding verfolgen.«

Nur langsam beruhigte sich Jennas Herzschlag wieder und sie schluckte das beklemmende Gefühl der Minderwertigkeit hinunter. »Ach, vergesst es einfach. Lasst uns weitergehen.«

Mitfühlend nahm Peter ihre Hand und zog sie sanft mit sich. »Alles wird gut, Jenna. Du wirst sehen.«

Wie gern hätte sie ihm in diesem Moment geglaubt.

»Langsam drehen hier alle durch«, murmelte Tom und schloss sich ihnen an.

Freunde für immer

Bereits nach ein paar Metern fiel Jenna auf, dass Peter sein rechtes Bein nicht richtig belastete.

»Was ist los? Warum humpelst du?«

»Ach nichts. Ich habe mich vorhin nur irgendwo gekratzt.«

Nachdem sie sich ein letztes Mal mit einem besorgten Schulterblick vergewissert hatte, dass ihnen der Kadaver wirklich nicht folgte, hielt sie Peter zurück.

»Warte, lass mich mal sehen.« Im Schatten der Pflanzen war auf den ersten Blick nichts zu erkennen. »Ich brauche mehr Licht.«

Seufzend hielt er die Taschenlampe nach unten auf seinen Fuß. »Ist nicht so schlimm.«

Im Lichtschein offenbarte sich ein langer Kratzer, der sich quer über seine Haut zog. Die Wunde musste tief sein, denn eine rote, glänzende Flüssigkeit sickerte heraus und lief in den Schuh.

»Du blutest«, stellte sie erschrocken fest.

»Kann sein. Irgendetwas hat mir ins Bein gestochen.«

Jenna nahm ihm das Licht ab und betrachtete die Umgebung. »Da.« Sie deutete auf einen dünnen Ast, der zwischen den Maispflanzen mitten in den Weg ragte. »Das war es bestimmt.« Sie leuchtete zurück auf sein Bein.

»Ach kommt schon, ihr Weicheier«, mischte sich Tom lachend ein. »Er wird schon nicht dran sterben.«

»Halt die Klappe, Tom«, entgegnete Jenna scharf. »Hat jemand ein Taschentuch?« Die Jungen schüttelten den Kopf. »Okay, könnte dann einer von euch ein Stück seines T-Shirts opfern?«

»Warum machst du das nicht selbst?« Tom sah sie herausfordernd an.

Das könnte ihm so passen, dass sie hier halbnackt durch die Gegend rannte.

»Ich mach es«, warf Peter ein und beendete damit das Thema.

Mit einer schnellen Bewegung zog er sich das Shirt über den Kopf und riss einen Ärmel davon ab. »Reicht das?«

Hitze schoss in Jennas Wangen und sie räusperte sich hastig. »Äh ... klar. Gib her.« War das etwa ein Lächeln in Peters Mundwinkeln?

Eilig nahm sie den Stoff und riss ihn in der Mitte durch, während Peter in den Rest des Shirts schlüpfte. »Jetzt können wir einen provisorischen Verband machen. Ich zieh ihn etwas fester, das stoppt vielleicht die Blutung.«

Er sog scharf die Luft ein, als sie den Fetzen um die Wunde wickelte und festknotete.

Tom stand nur da und lächelte ungläubig.

»Spar dir deinen Kommentar«, zischte Jenna, richtete sich auf und gab die Taschenlampe zurück.

Peter schüttelte genervt den Kopf. »Los, lasst uns endlich weitergehen.«

Im Schein der Lampe fiel Jenna Peters blasse Gesichtsfarbe auf. Besorgt musterte sie ihn. »Hey, ist wirklich alles klar bei dir?«

Er wischte sich den Schweiß von der glänzenden Stirn und nickte. »Geht schon. Die Wunde pocht nur ein wenig.«

»Soll ich noch einmal nachsehen, ob der Verband richtig sitzt?«, erkundigte sich Jenna, doch er hielt sie zurück.

»Nein, alles gut. Das kostet zu viel Zeit. Wir müssen hier schnellstmöglich raus.«

Jenna biss sich auf die Unterlippe. »Na gut. Wie du meinst, aber wenn es schlimmer wird, sag Bescheid.«

»Mach ich«, entgegnete Peter dankbar und lächelte schwach.

»Sind die Turteltauben fertig?« Tom deutete nach vorn. »Dann weiter.«

Jenna verdrehte die Augen. In diesem Moment war sie froh über die Dunkelheit, sonst hätten die beiden gesehen, wie ihr die Röte in die Wangen stieg.

Eine Weile liefen sie schweigend dahin. Genau wie vorher war nirgendwo ein Geräusch zu hören.

In der bedrückenden Stille erinnerte sich Jenna an den schrecklichen Fund im Maisfeld vor sechs Jahren. Die ganze Stadt war in Aufruhr gewesen.

Ein lautes Stottern des Maishäckslers hatte den alten Mr Toley an diesem sonnigen Tag aufhorchen lassen. Als er aus dem Führerhaus gesprungen war, war er direkt auf menschlichen Überresten gelandet.

Die Polizei identifizierte später sechs Leichen, die laut Gerichtsmedizin bereits mehrere Tage im Maisfeld gelegen hatten.

Dabei handelte es sich um eine Gruppe Jugendlicher, die auf ihrem Roadtrip durchs Land in der Nähe übernachtet hatten. Seit diesem Vorfall gab es noch zwei weitere Leichenfunde auf dem Feld.

Und nun hatte es auch Shirley und Trevor auf dem Gewissen.

Jenna schluckte hart und verdrängte damit die aufsteigenden Tränen.

Die bedrohliche Stille lag schwer über ihnen und die ganze Zeit hatte Jenna das ungute Gefühl, beobachtet zu werden.

»Denkt ihr, die Vogelscheuche hat aufgegeben?«, flüsterte sie.

»Vielleicht ist sie einfach zu langsam«, entgegnete Tom.

Peter schüttelte den Kopf. »Nein. Sie ist noch da.«

»Woher weißt du das?« Etwas an seinem Tonfall ließ Jenna aufhorchen.

»Sie wartet.«

Irritiert runzelte sie die Stirn. »Worauf?«

»Auf den nächsten Zug.«

»Hey, Mann«, mischte sich Tom ein. »Was redest du da für einen Scheiß?«

Jenna ging hinter Peter her und betrachtete ihn. Dem auffälligen Humpeln und der angespannten Körperhaltung nach zu urteilen, musste sein Bein höllisch wehtun. In einem Artikel hatte sie gelesen, dass sich starke Schmerzen auf die Wahrnehmung auswirken konnten. Er brauchte dringend einen Arzt.

»Ist schon gut«, beruhigte sie ihn, beugte sich vor und berührte seine Hand.

Blitzartig schnellte er herum und packte sie am Handgelenk. Mit der anderen Hand riss er sich die Brille herunter und warf sie achtlos neben sich.

Erschrocken keuchte Jenna auf. »Peter ... was ... Au! Du tust mir weh!«

Tom wandte sich um und hob beschwichtigend die Hände. »Entspann dich mal, Kumpel. Ja, es ist beschissen hier, aber wir schaffen das.«

Fassungslos starrte sie Peter an. Angst breitete sich wie ein Tornado in ihrem Körper aus und schnürte Jenna die Kehle zu. Der Ausdruck in seinen Augen war ihr völlig fremd. Kalt und herablassend. All das Vertrauen und die Geborgenheit waren verschwunden.

Panisch versuchte sie sich aus seinem Griff zu befreien, doch mit jedem Versuch verstärkte er den Druck. Verzweifelt biss sie die Zähne zusammen, um den pulsierenden Schmerz zu unterdrücken.

Als er weiterhin keine Anstalten machte, sich zurückzuziehen, trat Tom einen Schritt auf ihn zu. »Lass sie los.«

Ohne den Griff zu lockern, schnellte Peter herum und schlug ihm mit der freien Faust ins Gesicht. Die Taschenlampe landete dabei auf dem Boden.

Stöhnend hielt Tom sich die Hände an die getroffene Stelle und eine Sekunde später tropfte dunkle Flüssigkeit zwischen seinen Fingern hindurch.

»Du hast mir die Nase gebrochen, du Idiot«, schimpfte er, rappelte sich auf und ging auf Peter los.

Mit seinem Körpergewicht rammte er ihn um. Peter ließ Jenna los und die beiden Jungs landeten unsanft auf der staubigen Erde.

Entsetzt wich Jenna ein paar Schritte zurück. Ihr Handgelenk pochte heftig vor Schmerzen.

Den nächsten Schlag musste Peter einstecken, doch er zeigte keine Reaktion, was Tom nur noch wütender werden ließ. Er landete einen weiteren Fausthieb in dem Gesicht seines Freundes.

Jenna riss erschrocken die Augen auf, als sie Blut auf Peters Wange sah.

»Hört auf!«, schrie sie, aber die beiden nahmen sie gar nicht mehr wahr.

Da stieß Peter Tom mit einer blitzschnellen Bewegung von sich und er wurde rückwärts weggeschleudert.

Stöhnend landete er auf dem harten Boden und krümmte sich zusammen.

Entsetzt starrte Jenna zu Peter. Woher hatte er auf einmal diese unmenschlichen Kräfte?

»So. Zurück zu dir.« Sichtlich zufrieden wandte sich Peter um und befreite seine Hände mit einer klatschenden Bewegung von Staub und Dreck. Ein Knacken ertönte, als die schwarze Kunststoffbrille unter seinem Schuh zerbrach.

Als hätte ihr jemand ein lähmendes Gift injiziert, stand Jenna hilflos da und starrte ihren Freund an.

In ihrem Kopf herrschte Chaos. Bilder von Peter, der in den Sternenhimmel sah, der sie liebevoll in den Arm nahm, ihr das Gefühl gab, in Sicherheit zu sein. All das kam ihr auf einmal unendlich weit entfernt vor.

Niemals hätte sie gedacht, dass er ihr absichtlich wehtun würde. Gerade eben wollte er sie retten und jetzt starrte er Jenna böse an. Genau wie …

Die Erkenntnis traf sie wie ein Vorschlaghammer.

Das, was dort auf sie zukam, war nicht mehr ihr Freund. Aber wie …?

In diesen Moment blieb Peter vor ihr stehen und sie ließ den Blick nach unten zu seinem Bein schweifen.

Der Verband hatte sich gelöst und im Licht der Taschenlampe in seiner Hand glänzte eine zähe, dunkelgraue Masse, die unaufhörlich aus seiner Wunde quoll.

Alles in Jenna schrie vor Entsetzen auf, doch sie konnte nichts anderes tun, als der unmenschlich grinsenden Kreatur direkt in die schwarzen Augen zu sehen.

Schachmatt

»Bemühe dich nicht.« Ein stolzer Ausdruck erschien auf Peters Gesicht. »Dieses Feld ist so viel mehr, als ihr euch vorstellen könnt.« Er trat einen Schritt auf Jenna zu, die ängstlich zurückwich.

Wie war das möglich? Sie hatte das Monster, das Trevors Körper benutzt hatte, sterben sehen. Jennas Verstand war kurz davor zu kollabieren. Ein Gedanke jagte den nächsten und sie japste verzweifelt nach Luft, als die einzig logische Erklärung dafür sorgte, dass sich ihre Eingeweide zusammenkrampfte.

Das Maisfeld lebte. In jeder Pflanzenzelle und jedem Stein lauerte es wie eine Tapezierspinne in ihrem Versteck auf seine Opfer.

Sie hatten nie eine Chance gehabt. Keiner von ihnen würde dieses Feld jemals lebend verlassen.

Peter legte amüsiert den Kopf schief. »Oh, jetzt ist dir ein Licht aufgegangen. Du bist cleverer, als ich dachte.«

»Bitte«, flehte Jenna mit zitternder Stimme. »Lass uns gehen.«

Er schüttelte den Kopf. »Das kann ich nicht.«

»Warum?« Eine Träne bahnte sich den Weg über ihre Wange.

»Weil ich dabei bin, zu gewinnen!« Diesen Satz schrie er förmlich in die Dunkelheit. »Das verstehst du doch sicher.«

Verzweifelt sah Jenna an ihm vorbei zu Tom, der sich hustend auf die Unterarme stützte.

Sie brauchte mehr Zeit.

»Was für ein Spiel?«, fragte sie hastig.

»Das ist unwichtig.«

»Ich … verstehe nicht.«

Peter lachte auf. »Das kannst du auch nicht.«

Immer wieder glitt ihr Blick zu Tom. »Aber … warum wir?«

»Ihr habt das Feld betreten.« Peter grinste breit. »Und damit unser Spiel begonnen.«

Jenna schlug das Herz bis zum Hals. »Was meinst du mit *unser*? Wir wollten das nicht.«

Er zog amüsiert eine Augenbraue nach oben. »Denkst du, ich spiele allein?«

»Wer ist dein Spielpartner?«

Die Kreatur verengte die Augen. »Du versuchst doch nicht etwa, Zeit zu schinden, oder?«

Sie schluckte schwer und schüttelte angespannt den Kopf.

Im Hintergrund saß Tom bereits auf den Knien.

Ohne darüber nachzudenken, schnellte Jenna vor und schubste Peter in seine Richtung.

Er taumelte überrascht rückwärts und stolperte direkt über Toms Rücken. Der reagierte blitzschnell und warf sich auf ihn. Ihr Kampf wirbelte den Staub des trockenen Bodens auf und schon bald war es für Jenna unmöglich, auszumachen, was genau zwischen den beiden geschah.

Plötzlich durchbrach ein schmerzverzerrtes Keuchen die Nacht und Tom rollte hustend zur Seite.

Nein!

Die Kreatur sprang auf die Füße, dann schritt sie wütend auf Jenna zu. »Jetzt ist Schluss. Bringen wir es zu Ende.«

Mit diesen Worten schnellte das Böse vor, packte sie am Arm und vergrub die Zähne tief in ihrem Handgelenk.

Unsägliche Schmerzen schossen durch ihren Körper. Jenna schrie. Der Boden schwankte und ihre Knie gaben nach, doch die Kreatur hielt sie auf den Beinen.

Wie durch einen dünnen Schleier sah sie, wie Peter ein paar Hautfetzen und Stückchen neben sich spuckte.

Mit einem blutigen Grinsen wandte er sich an sie. »Bye bye, Süße.« Dann ließ er sie achtlos fallen.

Der harte Boden fing sie unsanft auf und sie kippte zur Seite. Das Rauschen ihrer eigenen Atmung übertönte mittlerweile alle anderen Geräusche.

Jenna schluckte schwer und wagte einen Blick an ihr Handgelenk.

Eine tiefe Wunde klaffte dort, wo einst Haut und Adern gewesen waren. Dunkelrotes Blut quoll stoßweise hervor und tränkte den trockenen Boden, der die Flüssigkeit so gierig aufnahm wie ein verwahrlostes Tier kurz vor dem Verdursten eine Schüssel Wasser.

Übelkeit blubberte in ihr hoch, sammelte sich bitter in ihrer Mundhöhle und Jenna konnte sich gerade noch rechtzeitig aufstützen, als ihr die Magensäure bereits über das Kinn lief. Hustend fiel sie zurück auf die Erde.

Alles in ihrem Körper fühlte sich dumpf an, als hätte man sie in Watte gewickelt. Da waren keine Schmerzen mehr. Nur Angst. Angst vor dem Ende, davor, was sie dort, wo sie jetzt hinging, erwarten würde.

In einiger Entfernung nahm sie verschwommen eine Bewegung wahr.

Angestrengt verengte sie die Augen und erkannte Tom, der in diesem Moment ausholte und dem Monster zweimal ins Gesicht schlug.

Allein diese Beobachtung verschaffte Jenna ein winziges Gefühl von Genugtuung, doch es erlosch so schnell wie ein einziger Funken eines brennenden Feuers in der Dunkelheit.

Die Kreatur ließ sich von Toms Angriff nicht beeindrucken. Beinahe entspannt wischte sie sich mit dem Handrücken unter der Nase entlang, brachte ihn mit einer gekonnten Bewegung auf die Knie und packte seinen Kopf mit beiden Händen.

Das knackende Geräusch, das durch die Nacht hallte, als Peter Toms Genick brach, drang durch den gedämpften Schleier bis tief in Jennas Innerstes.

Eine einsame Träne stahl sich aus ihrem Augenwinkel und tropfte auf die Erde.

Mit einem dumpfen Aufprall landete Toms schlaffer Körper auf dem Boden und sein Mörder wandte sich um.

In Peters Gesicht spiegelte sich Triumph wider, als er langsam neben Jenna in die Hocke ging.

Panisch weitete sie die Augen. Allein diese Bewegung kostete sie unglaublich viel Kraft.

»Schachmatt.« Plötzlich verschwand das teuflische Grinsen und sein Mund verzog sich zu einem lautlosen Schrei.

Aus seiner Brust ragten fünf dürre, schwarzgetränkte Äste.

Gewinner und Verlierer

Jenna weitete die Augen und sah schockiert mit an, wie schwarze Flüssigkeit aus Peters Mund quoll. Ein letztes blubberndes Röcheln, dann wurden die Äste ruckartig aus seinem Körper gezogen. Leblos fiel er neben ihr zur Seite.

Als sie die Gestalt hinter ihm erkannte, schrie alles in ihr vor Verzweiflung um Hilfe.

Die Vogelscheuche ragte vor ihr auf, das dunkle Nichts unter der Kapuze auf Jenna gerichtet. Obwohl dort keine Augen waren, traf sie der Blick der Kreatur so heftig, dass sie ein letztes Mal aufkeuchte.

Gequält biss sie die Zähne zusammen. Sie musste hier weg!

Mit aller Kraft versuchte Jenna, die Beine in den Boden zu stemmen, um zurückzuweichen, doch ihre Muskeln gehorchten nicht mehr. Sie war *Stuffy* hilflos ausgeliefert.

Unzählige Gedanken waberten in ihr umher wie dichter Nebel über einen Friedhof, gefüllt mit den schrecklichsten Grausamkeiten.

Würde sie dieses Ding in Stücke reißen oder seine langen, knochigen Astfinger in ihren Körper rammen? Vielleicht war ihr Schicksal ein ganz anderes und sie würde von nun an den Platz der Vogelscheuche einnehmen.

Doch die Kreatur regte sich keinen Millimeter. Statuengleich stand sie da, die Arme hingen leblos von ihrem Strohrumpf herab.

Schachmatt.

Peters letzte Worte hallten durch Jennas Kopf und plusterten sich auf.

Das Spiel. Das Böse hatte gesagt, es wäre dabei zu gewinnen.

Sie stöhnte schwach, als die Erkenntnis sie durchflutete.

Stuffy war sein Partner. Die ganze Zeit über waren Jenna und die anderen Teil dieses grausamen Spaßes gewesen. Ein blutiges Spiel um Leben und Tod. Und der Gewinner war die Vogelscheuche.

Jenna blinzelte schwach, aber selbst diese kleine Bewegung fiel ihr unfassbar schwer. Sie war müde. So unendlich erschöpft. Sollte die Kreatur doch mit ihr machen, was sie wollte. Es interessierte sie nicht mehr. Der Tod saugte bereits an ihrer Seele.

Schwarze Schlieren krochen langsam in ihr Blickfeld. Gleich war es vorbei. Gleich hatten die Qualen und der Schmerz des Verlustes ein Ende.

Da regte sich die Gestalt aus Stroh plötzlich und hob Jenna kurz darauf hoch. Behäbig setzte sich die Vogelscheuche in Bewegung, weg von Tom und Peter, deren Leichen im schwachen Schein der Taschenlampe leuchteten.

Jennas Kopf und Gliedmaßen hingen schlaff herunter. Alle Kraft war aus ihrem Körper gewichen und sie spürte, dass auch ihr Herz langsam zum Ende kam.

Die Blätter der Maispflanzen streiften ihre Arme und Beine, doch sie schnitten ihr nicht mehr die Haut auf, sondern strichen liebevoll an ihr vorbei, als würden sie Lebewohl sagen wie gute Freunde.

Da blieb die Vogelscheuche stehen und beugte sich behutsam hinab. Jenna spürte den Boden an ihrem Rücken, der jetzt weich und einladend war.

Das dunkle Blau des Himmels wich einem zarten Orange, das die Sterne langsam verblassen ließ. Sie ließ den Kopf zur Seite kippen, ihr Blick glitt die Straße hinunter, die sie entlanggelaufen waren. In ihrer Erinnerung hörte sie die Stimmen ihrer Freunde.

Ich bin draußen, war Jennas letzter Gedanke, bevor sie die Augen schloss und sich der Dunkelheit hingab.

TRAPWOOD NEWS

Horrorfeld schlägt erneut zu

Am Sonntagmorgen stieß die Rentnerin Mrs Sprat während eines Spaziergangs am Rand des Maisfeldes an der Marostreet auf die Leiche einer jungen Frau.

»Ich war mit meinem Hund Quincy unterwegs. Plötzlich lief er los und hat schrecklich gebellt. Das tut er sonst nie«, berichtet die schockierte Bürgerin. »Natürlich bin ich ihm gefolgt. Mir wäre fast das Herz stehen geblieben, als ich gesehen habe, dass Quincy eine Leiche gefunden hat.«

Die Polizei konnte die Tote identifizieren. Es handelt sich um die 17-jährige Jenna Toldt, eine Musterschülerin der Trapwood High. Der Körper der jungen Frau wies neben unzähligen Blessuren und Schnitten eine tiefe Wunde am Handgelenk auf, die aufgrund des starken Blutverlustes zum Tod der Schülerin führte.

Als ungewöhnlich erwiesen sich die vielen Rückstände von Stroh, die überall auf dem Körper der 17-jährigen verteilt waren.

Bei der vorsorglichen Durchkämmung des Maisfeldes fanden die Ermittler die Leichen vier weiterer Jugendlicher. Shirley Prat (16), Tom Wisco (17), Trevor McGarthy (18) und Peter Meyers (17).

Alle Opfer waren Schüler der ortsansässigen High School und wiesen tödliche Verletzungen und Spuren von Gewalteinwirkung auf.

Ermittler tappen im Dunkeln

»Es war genau wie damals«, berichtet der aufgeregte Feldbesitzer Mr Toley, der während des Durchkämmens des Maisfeldes anwesend war. »Überall Blut. Warum müssen sich diese Kids immer meinen Grund aussuchen?«

Vor sechs Jahren schockierte ein ähnlicher Fund die Stadt. Damals handelte es sich um eine Gruppe Jugendlicher auf der Durchreise, die in der Nähe des Feldes übernachtet hatten. Der Täter dieser grausamen Gewalttat konnte nicht überführt werden und die Ermittlungen wurden nach fünf Monaten eingestellt.

»Das war der Fluch«, erklärt eine Ansässige. »Das Böse lauert zwischen diesen Pflanzen. Und es wird niemals aufhören.«

Ob diese Gruselgeschichte ausreicht, um das Feld endgültig stilllegen zu lassen, bleibt abzuwarten.

Trapwoods Einwohner besorgt

Heute Nachmittag findet eine außerordentliche Bürgersitzung statt. Unter anderem wird über das weitere Verfahren mit dem fruchtbaren Land entschieden, das als eines der ertragreichsten Felder der Umgebung gilt.

»Selbstverständlich hat die Sicherheit der Bürgerinnen und Bürger höchste Priorität«, versprach Bürgermeister Nodds in einer Pressekonferenz am Vormittag.

Zudem erließ er die Stilllegung des Maisfeldes während der Ermittlungsphase. Das Betreten ist strengstens verboten und wird mit einer Anzeige geahndet.

Die Polizei bittet um Mithilfe

Sollten Sie in der Nacht von Samstag auf Sonntag etwas Ungewöhnliches beobachtet haben, melden Sie sich umgehend bei Sheriff Kolby.

Triggerwarnung

Dieses Buch enthält Elemente, die triggern
können. Diese sind:

*explizite Gewaltdarstellung, Blut, Erbrechen,
Suizid, Drogenkonsum*

Schlusswort

Aufgewachsen mit Stephen King und R.L. Stine war es nur eine Frage der Zeit, bis meine Geschichten in diesem Genre ans Licht kommen. Mit *Blutmais* tauche ich in die Welt des Grusels und Horrors ein und freue mich sehr über die Unterstützung so vieler Menschen bei diesem Projekt.

Angefangen bei meiner Familie, die mir stets die Zeit zum Schreiben einräumt und einen höflichen Bogen um mich herum macht, wenn ich hinter dem Laptop ein böses Grinsen aufsetze.

Ebenso danke ich meinen Testleser*innen, die mutig genug waren, Jenna und ihre Freunde zu begleiten und mir ihr ehrliches Feedback zu geben.

Gemeinsam mit meinem Lektor haben wir es geschafft, der Story den letzten Schliff zu verpassen und sie auf die unheimliche Buchwelt vorzubereiten.

Auch meiner Korrektorin danke ich für ihre tolle Arbeit und den Mut sich dieser Geschichte anzunehmen.

Er lebt, war mein erster Gedanke, als ich das Werk meiner talentierten Coverdesignerin zum ersten Mal gesehen habe. Damit erhält *Stuffy* seinen verdienten Ehrenplatz.

Zu guter Letzt danke ich dir, liebe*r Leser*in. Dafür, dass du mir vertrauensvoll nach *Trapwood* gefolgt bist, dich unerschrocken mit Jenna in das Maisfeld begeben und es bis hierher durchgehalten hast.

Ich würde mich sehr darüber freuen, zu erfahren, ob dir *Blutmais* gefallen hat. Dafür kannst du mir gern eine kurze Rezension oder dein Feedback schreiben und vielleicht sehen wir uns bald wieder in *Trapwood*.

Bis dahin, achte auf das rote Popcorn!

Cora Most